空からきた魚

アーサー・ビナード

集英社文庫

本書は二〇〇三年七月、草思社から刊行された『空からやってきた魚』を改題し加筆修正を加えたものです。

空からきた魚　目次

III　地球湯めぐり

V　骨の持ち方

扉作品　市川曜子
扉レイアウト　守先　正

空からきた魚

高速走馬灯　まえがきにかえて

デトロイト発直行便で成田に着いたぼくは、リムジンバスに乗り込み、都心へ向かった。一九九〇年六月一日、昼下がりの車窓からの眺めが、ぼくにとっての初めての TOKYO だった。

第一印象は、なんたるゴチャゴチャ！　けれど、見渡す限りの「都市計画カオス」への驚嘆がおさまってくると、今度は高速道路沿いの雑居ビルやマンションに心打たれた。もちろん、アメリカの大都市のハイウェイもビルの間を縫って走るが、でもこうズラズラとすぐそばに立ち並び、インテリアまで観察できるハイウェイはそうはない。

オフィスで背広姿の男が机に頬杖《ほおづえ》突き、その禿《は》げ具合を見たかと思うと、マンションのバルコニーでは主婦らしき人が布団を叩《たた》いている。その埃《ほこり》がバスの車体にかかりバスの立てる埃も布団にかかってしまいそうな……。「このハイウェイのほとりの人たちは何を考えて生きているのだろう？」というのが、来日したてのぼくに真っ先にふりかかった疑問。その後も、たまに高速に乗れば思い出し、窓外はいつも別世界に見えるのだった。在日が長くなって異国情緒が薄れた後もなお――。

　ところが来日から八年後の夏、自分がハイウェイのほとりのマンション最上階へ引っ越したのを境に、見方は変わった。「みやこ」といえるかどうかはともかく、住めば首都高沿いも悪くない。なぜなら、思いがけないアトラクションがオマケについていたからだ。上映は晴天の早朝のみ。

　ベランダがマンションの裏側なので、眼下には首都高ではなくゴチャゴチャの町並みが広がる。日の出の少し後、見下ろすと北のほうから、高めのビルの上部をスキップしながら長い影が進んできて、やがて南のほうへ抜けて行く。それはトラックだ。あとを追って乗用車二台、バイク一台、それからソンボックス。運転手の横顔までくっきりと映る。

　徐々に、走る影たちが高度を下げ、こっちがコーヒーを淹《い》れて再びベランダに出ると、いつの間にかもう三階建てのアパートの屋上にかかっている。その向こう隣には、外壁のオレンジ色タイルにコンクリートで世界地図を描いた、風変わりな建物がある。シベリアやカナダの北部はすでに「車影通行域」に入っている。故郷デトロイトにも、あとちょっとでとどく。

古い日本家屋も、三軒ばかり集まって建っているが、その瓦《かわら》屋根と庭木のてっぺんを、影がかすめ始める。まるで川底の岩と藻を、魚影がよぎるかのように……あっ、今のは高速バスに違いない……曲にたとえるなら、ブラックバスといったところか……ぼんやり考えているうちに、日はさらに昇り、アトラクションは終わる。

コーヒーをすって、ぼくは思う。「このハイウェイに乗っている人たちは何を考えて走っているのだろう?」

I 初めての唄

なに人になるか

地方局のニュース番組にちょこっと出演した。スタジオでアナウンサーの男女二人が、「今夜のゲスト」に当たり障りのないことをいろいろ聞くコーナーだったが、出だしの紹介で女子アナが、「日本語で詩を書く生っ粋のアメリカ人」といってくれた。

しょっぱなから揚げ足取りはいけないかな、それに間違いというほどのことでもないかも……そう思ってなにもいわないでおいたが、その「生っ粋」がひっかかり、インタビューの間中気になって仕方なかった。

「生意気」ならぼくに少々合ったかもしれないが、「生っ粋の」といわれると、例えばコロラド州に住む友人のロンを代わりに推薦したくなる。彼は完璧《かんぺき》にスー族の出自。もちろんナバホ族でもアパッチ族でも、オジブワ族だって「生っ粋」といえよう。けれどぼくは、ヨーロッパからの招かれざる客として北米へ移民した人々の子孫で、先住民を押しのけて「アメリカ人」になったようなものだ。

　ここでわが雑種ぶりを披露させてもらうと、まず八分の五がフランス系。もとをただせば、苗字もフレンチだそうだが、父方の祖父母両方、母方の祖母の半分もフランス系だったらしい。ではその母方の祖母のもう半分はというと、どうやら英国が出所で、従ってぼくの八分の一はイギリス系。残りの八分の二は、母方の祖父の紛れもない一〇〇パーセントアイリッシュ。母の姓も「リンチ」とアイルランド系もろ出しだ。

　そんな自らの血の内訳などふだんはまったく考えずに過ごしているぼくの、パスポートはUSAが発行元になっているし、「故郷は?」と聞かれれば、なんの躊躇《ちゆうちよ》もなく「ミシガン州」と答える。だが思いがけなく、自分のルーツを意識させられることもあって、場所は国際空港の出発ロビーだったり、街角だったり。

　何をかくそう、ぼくはフランス人にフランス語で話しかけられるのだ。「〇〇を探してるんですけど……」とか「すみません、道に迷って……」とか。でも「フランス語できますか?」というのが一番多い。何をたずねられているか、その程度のことはなんとなく聞き取れるけれど、とても「できます」とはいえない。「イングリッシュ……イタリアン……オア・ジャパニーズ」といった具合に返事をすると、ヘビーなフランス語訛《なま》りの英語に切り換えてくれる。

ぼくのどこがフランス人にピンとくるのか。半ズボンに靴下、みたいなティピカル・アメリカンの恰好《かっこう》もしないし、なにしろ祖先の六二・五パーセントがそっち系なので、身体のここかしこにそれが現れているのかもしれない。間違えられるたびに、バッチリのフランス語でさっと返せたらなと、プチ変身願望のくすぐりを感じる。

二十歳になったばかりのぼくはイタリアへ渡って、一年近くミラノにいた。そして滞在期間の終わりのほうで、何度かはイタリア人を相手にイタリア人に成り済ますことに成功した。

イタリア語の日常会話は、たぶん、一年ぐらいで滞りなくやりとりできるようになっていたはずだが、ホンモノのイタリアーノに化けるためには、方言の嗜《たしな》みも必要だった。最初からミラノにいたので、当地のイントネーションがほぼ板につき、ミラネーゼたちの用いる罵《ののし》り言葉なども、十人並みに飛ばせるレベルに到達した。

が、それでも、生っ粋のミラノっ子に対して「オレもミラノ生まれ」というと、なにかの語尾かアクセントか言い回しでバレてしまいかねない。たとえカンツォーネとワインの流れに、みんなが身を任せている席であってもだ。

ぼくはなにを血迷ったか、滞在途中でアコーディオンの魅力のとりこになり、なけなしのリラをレッスンに注ぎ込んだものだった。週に一回、ブルーノ・ノッリというマエストロのもとで。「とりこ」といっても、アコーディオンの上達は決して目覚ましいものではなく、でもマエストロとは馬が合い、レッスンが終わってから近くのカフェでおしゃべりしたり、コンサートにもよく連れて行ってもらった。

マエストロの出身地はクレモーナ市。ミラノと同じ北部だ。けれど、やはり方言が多少異なる。アコーディオンの腕に比べて何十倍ものスピードで、ぼくはマエストロの話し方の真似《まね》がうまくなり、また、ある日はコンサートを聴きにクレモーナへお供して、生家まで案内してもらった。

そんな日々の中、ミラノの外れの運河に面したバーで、いつもの流しのアコーディオン弾きを、ひとりでグラッパをすすりながら待っていると、隣の止まり木のミラノっ子らしき中年男が話しかけてきた。相手は、はじめからこっちもイタリア人だと思い込んでいるので、それに合わせて、いまパン屋でアルバイトしているとか、ライターになりたい話もして、そのうち「出身はどこ？」ときた。

すかさず「クレモーナ」と答え、マエストロ・モードにスイッチ。それから、流しが現れるまでの二、三十分の間、ぼくはぼくではなくてブルーノ・ノッリをベースにした即興曲と化していた。いまではぼくのイタリア語は錆《さ》びついて、日本語の沈殿物の下に埋もれ、到底変身できる水準にはない。逆に東京の居酒屋で、日本人に化けてみたい気持ちもあるが、こんなノッポ鼻では話にならない。

数年前の夏、ぼくはサンフランシスコへ出かけた。安さにつられて、宿泊先は湾の対岸のサンラファエルというベッドタウンのホテルにした。シスコ市内に入るときは、車を南へ走らせて「金門橋」を渡るか、「フィッシャーマンズワーフ行」のフェリーに乗って行く。ホテルのパンフレットのどこにも書かれていなかったが、すぐ歩けるくらいの所に、全米でもっとも悪名高い（？）重罪刑務所「サンクエンティン・プリズン」がドンとあった。

サンフランシスコの夏は涼しく、着いた翌日、ぼくは唯一持ってきた上着、派手なオレンジ色のレインコートを着込み、朝のフェリーに乗った。出発と同時に、上のデッキへ上り、海風を深呼吸。北のほうを眺めていると、海岸に沿っていかめしいフェンスがあり、その向こうの刑務所構内まで見渡せた。

運動の時間なのか、服役囚が二十人ばかり外に出て、ぞろぞろとフェン人のそばへ寄ってくる。フェリーへ手を振ったり口笛を吹いたり、何かを叫ぶ者もいる。耳を澄ますとどうやら、「ブラザー！　よく出られたなッ！」とかいっているようだ。デッキでぼくの隣に立っているビジネスマンが笑い出し、年配の女性も吹き出して、二人ともぼくのコートを指さした。なるほど囚人たちのプリズン・ユニフォームと、そっくり同じ色ではないか。

成り済ましてみたいとは、あまり思わなかったが、愉快なスリルを味わった気分だった。

初めての唄

「ひょっとしたら〈たーけやーさおだけー〉だったかも」――このあいだ、カラオケ好きの友人から、日本で一番最初に覚えた唄は何だったかと聞かれ、ぼくはそう答えた。すると彼は、「それは唄っていうより、売り声なんだけどな」と、納得がいかない様子だった。

正直いって、ぼくも半分納得がいかず、友人と別れた後、自分にとってのファースト・ジャパニーズ・ソングは本当は何だったのか、来日した一九九〇年六月あたりまで記憶を手繰り……「むすんでひらいて」にたどり着いた。「たーけやー」とどっちがファーストかはハッキリしないが、当時のぼくのレパートリーに、この小学唱歌も確かに入っていた。日本語学校の初級クラスで、担任の先生が多国籍の二十代男女十数人に、徹底的に教え込んでくれたのだ。もちろん振り付けも。

でも、思えばぼくらの日本語学校というのは、大型電気店の向かいの雑居ビルにあって、教室の窓を閉めてもブラインドを降ろしても「ビークビックビックビックカメラ！」というエンドレステープが絶えず聞こえ、初級から上級まですべての授業のBGMになっていた。なので厳密にいうと、「むすんでひらいて」よりも早くに、ぼくはビックのコマーシャルソングを覚えていたはずだ。習わぬ経として。

しかし、歌詞抜きのメロディーだけでもよいのなら、「ふるさと」もずいぶん早い時期から、ぼくの耳にこびりついていた。というのは、小学校のすぐ裏の部屋に住んでいたので、毎夕六時きっかりに「ソ・ソ・ソ・ラー・シ・ラ……」とチャイムが鳴り出すのだった。かなり後になって「兎追いし……」の歌詞を知り、こんなのんびりした追っかけ方じゃ捕まえられないに決まっていると、笑った覚えがある。

それにしても「たーけやー」の第一印象は、強烈だった。ぼくの部屋は、ぼろアパートの三階にあったが、入居した翌日、物干し竿《ざお》売りが窓の真下に車をとめ、ボリュームを上げてしばし放送。やや鼻にかかったアルトくらいの女声、そのアカペラの唄、そして語り、またもや唄……。言葉が聞き取れず、物干し竿という商品の存在すら知らなかったぼくは、いったい何事かと窓から身を乗り出し、見下ろした。不可思議なポールをいっぱい積んだ車……何かの工事？　鼻声の女性はどんな顔をしているだろうか……気になって階段を下りて行き、外へ出てギョッ——運転席に不精髭《ぶしょうひげ》のおじさんがひとり眠たそうにしている。録音だった。

毎回同じおじさんだったかどうか、ともかく物干し竿屋がちょくちょくやってきては、同じ録音テープを流して回り、そのうちぼくは完璧に「語り」の部分まで全部覚えた。覚えてしまえば関心が薄れ、ほとんど気に留めなくなり、でも、数年経ってからあるとき、また気になり出したのだ——「二本で千円、二本で千円、二十年前と同じ値段です」というくだりの更新は、いつ起こるか？　つまり、いつ「二十五年前」に変わるか、その歴史的瞬間に立ち会いたくて売りにくるたび、ぼくは耳を澄ますようになった。が、五年経っても、七年経っても……。

来日十数年経って暮らす新しい部屋でも、稀《まれ》にだが、「たーけやー」が聞こえてくる。つい先だっても、辛抱強く近所を回っていた。どんなに少なく見積もっても「三十一年前と同じ値段」のはずなのに、録音テープは一昔前のままだ。

「いやにきざむね、二十年だって三十年だっていいじゃないか」と思う人もいらっしゃるだろう。しかし考えてみれば、「××年前と同じ値段」という宣伝文句自体が、もはや時代錯誤ではないか。地価につられてなにもかもが鰻《うなぎ》登りだったバブルのころなら、割安感があってよかったが、デフレスパイラルの今となっては、逆効果を招きかねない。
あの「鰻追いし」バブルを、懐かしがっても始まらない。

鈴虫の間、ぼくの六畳間

「日本人には間という微妙な意識がある」

『小学館日本大百科全書』の「間《ま》」の記事はこう始まる。日本人のための日本語による日本大百科だから、ま、これでよかろう。が、本当はもっと大きな普遍的な、人間だれもが持っている「意識」なのじゃないかと、ぼくは思う。

もちろん、間が日本で重んじられ、芸術の各分野においてテクニックとして打ち立てられ、目覚ましい発展を遂げたことは間違いない。能楽の間、日本建築の間、古今亭志ん生の間……。でもチャップリンの作品にだって、ぼくは見事な間が(一種の〈洋間〉かもしれないが)繰り広げられている気がする。

一ついえることは、百年前の西洋人と今の西洋人と比較した場合、今の人のほうが空間・時間の複合体たる「間」を理解し、その意識がかなり深まっている。なぜかというと、日本文化の影響もなくはないけれど、一番大きな要因はアインシュタインだ。彼は人々の間の捉《とら》え方、考え方をガラリと変えた――「時間と空間は別々ではなく、相通ずる地続きのものだ」と。その証拠にspace-time（時空）という、アインシュタインが生み出した物理学用語が今や一般に広く、ときには日本語の間に相当する意味で使われている。思えば相対性理論も、間の科学的証明みたいなものだ。

日本vs.西洋今昔はともかくとして、ぼくが興味を持っているのは、人間以外の生き物にも「間という微妙な意識がある」かどうかだ。そして、私論に過ぎないが、少なくとも鈴虫にはきっとあると考えている。

六年前の夏のこと。友人から雌雄計十三匹の入った小さな虫籠《むしかご》をもらい受け、ナスやキュウリ、各種の野菜果物の皮、鮭《さけ》の皮、煮干し、鰹節《かつおぶし》など小まめにやり、秋が深まったころに十三匹の最期を見届けた。冬の間、ときおり籠の中の土を湿らせ、わくわくしながら待っていると、春には土中からゴマ粒大のかわいい鈴虫の子が五、六十四出てきた。もっと大きい虫籠を入手、引っ越しさせて、たっぷり餌《えさ》をやり、やがてまたみなの最期を……。

翌年の春は、正確な数は分からないが、少なく見積もっても二百匹は生まれてきた。今度はガラス製の大きな水槽を入手、土を敷いてまたもや引っ越し、しかしそれでも過密状態で、友だちに虫籠付きで配ったり押しつけたり、共食いもあったり。残った百匹前後が成虫となり、迫力の大合唱を毎晩繰り広げてくれた。以後、春になるとかわいいのがうじゃうじゃ出てきてどんどん大きくなり、周りに配れど配れどなお我が鈴虫あまり減らざり、じっとナスを見る、といった有り様だ。

初鳴きから鳴き納めまでずっと聴いていると、その途中で起こる変化というか、一種の「イメチェン」に気がつく。鳴き初めのころはたどたどしいが、めきめきと上達して真夏にはもう、ホルモンを持て余した思春期のパンクロッカーよろしく、ガンガン雌たちを口説こうとしている。一匹が鳴き出すとほかのやつもみんな一斉に、翅《はね》を限りに鳴く。これが絶え間なく、夜通し繰り返される。

だが、秋めいてくるとふと、あるときを境にちょっと渋い、いい味を出すようになる。すでに交尾を済ませて少し余裕ができていることも、関係しているかもしれない。しかしそれだけでなく、夜な夜な鳴いているうちに、間の奥義を会得したのだなと、ぼくの耳にはそう聞こえる。さっきのたとえでいえば、パンクロッカーたちがクールジャズに目覚めるといった感じか。リン・リフレーンの最後のリンをほんの一瞬早く切り上げ、そしてこっちにおやッ、鳴き止んだのかなと思わせるところまで間を引きのばし、そこでまた澄み切ったリーンをじっくり聞かせてくれる——初秋の鈴虫が到達するサウンドは、マイルス・デイビスさながらだ。

ぼくが来日したのは、すでにパンクロッカーを卒業した後の二十二歳。一九九〇年初夏のことで、最初の一カ月あまり、池袋の「外人ハウス」に寝泊まりした。保証人のいない各国人がごたまぜに住み込んでいたそのぼろ家は、一階が男子、二階は女子で、どっちも二段ベッドのぎゅうぎゅう詰め。おまけにたまたまW杯の時期と重なり、サッカーに興味がないのはぼくひとり。みんなテレビの前で夜通しの観戦、ドイツ語やスペイン語、イギリスとオーストラリアの英語、ハングル語、ヘブライ語も飛び交った。盛夏の鈴虫籠にひけを取らないぐらい賑《にぎ》やかだった。

梅雨が明けたころ、ぼくはどうにか六畳一間の部屋を借りることができた。持ち物といえばアメリカから引きずってきたスーツケース一つ、身軽な引っ越しだった。それまでの人生の中で、きれいさっぱりなにもない部屋に長時間いる経験のなかったぼくは、持ち物を全部押し入れの中へ片付けて、畳の上にぺたりと座り、六畳という新鮮な広さを味わった。また腕時計、靴下、歯ブラシ、爪切りなど、持ち物の中からいくつか選んでポツンと、部屋のあちこちに置いてみたり、位置を変えてみたりした。変わった遊びではあったが、やっているうちになんだかストーリーラインというか、筋のようなものが見えてくることもあった。

しばらくして小型冷蔵庫と炊飯器を買って、ゴミからテレビを拾い、ちゃぶ台を友だちからもらい……物が増えてだんだんと、部屋は満杯になった。ぼくの日本語の多くは、このゴチャゴチャした満杯の中で覚えたものだ。けれど、詩を作るときは、いつしか自分の中にできたきれいさっぱりの一間へ立ち返り、題材を並べてみたり、位置を変えてみたりしている。もしぼく独特の間があるとしたら、あの六畳間が原点かもしれない。

　今年の鈴虫たちはもう「間」を会得して、クールジャズに切り換えた。そしてだれもいなくなり、ガラス張りの鈴虫の間はまったく、きれいさっぱりになる。

ミスった？

父方の祖父が、なにかの拍子で自分のラストネームについて考え出し、定年目前のむなしさにも駆られたのか、ついにペンを執った。「われら Binard のルーツにまつわるインフォメーションを集め、整理したいと思います。ご協力のほど、よろしく」。そんな文面の手紙を五、六通綴《つづ》り、コロラドやカリフォルニアの親類に送付した。それから、週末にデトロイトのセントラル・ライブラリーへたびたび足を運び、根気よく全国ほうぼうの電話帳を一冊ずつ引いて、ほかに同姓の者はいないか調べたらしい。

祖父の調査結果をかいつまんでいうと、どうやら Binard を名乗って米国内に住まっている人間は、曲がりなりにも全員どこかで血がつながっているみたいだ。電話帳で「発見」された幾人かも、連絡を取ってみれば、曾《そう》祖父の兄弟の若気の至り、というか奔放な生き方のこれこれしかじかで、やはりこちらとリンク。ラストネームのルーツについては、たいした新発見はなかったらしいが、祖父の呼びかけの手紙がきっかけとなり、Binard のスペルをめぐってはちょっとした論争が起こったのだった。

「ビナード」の先祖は十九世紀にフランス南部からアメリカへ移民、ということに一応なっている。そして祖父の調べによれば、今でも南フランスにはこの Binard を苗字に持つ者が、ごく少数存在するようだ。ところが、大西洋をまたいで両ビナードを結び付ける証拠は、何一つ見つからない。そこで祖父の弟は、むかしから親類の間で囁《ささや》かれていた噂《うわさ》、いや、一種のシークレット・セオリーを、堂々と唱え出したのだ。名づけて「ミス説」。

Binard は世にも稀な苗字ではあるけれど、Bernard なら仏米問わずゴロゴロ、馬に食わせるほどいる。また Benard というのもたまに見る、さほど珍しくないラストネームだ。わが Binard 家の先祖は、おそらく貧苦に耐えかねて祖国に別れを告げ、英語を知らずに、ひょっとしてフランス語もたいして書けない状態で渡米。超満員の船がたどり着いた港の連邦移民事務所で、さっそく入国審査を受けただろうが、フランス語を解さない審査官に当たった可能性は決して低くない。大叔父の説では、「ラストネームは？」とたずねられて「ウイ……ベ……モニャモニャ……べ……エヘン……ベナール……」とかやっているうちに書類に“Binard”と書かれ、トコロテン式に「ＯＫ、ネクスト！」と送り出され、市民ビナードが誕生。つまり移民《イミグレーション》を境にBernard（あるいはBenard）が化けてしまったという説だ。

祖父はこれを最後までかたくなに否定し、フランス側のBinardとの幻のリンクを求め続けたが、とうとう探し出せなかった。大叔父から「ミス説」を初めて聞かされたとき、ぼくは小学生なりに大いに納得、体中がくすぐったくなるような楽しさを覚えた。そして折に触れて思い浮かべ、学校のスペリング・テストで自分の点数がかんばしくない原因にはできないかしらと、想像をたくましくして拡人解釈も試みたりした。

祖父が亡くなり、その翌年だったか、クリスマスにデトロイトの伯母の家に集まり、みなでプレゼント交換に興じていたとき、ぼくは何気なくその話題を持ち出した。「本当はスペルを間違えたんだろうな、きっと」。すると、「そんなことない！」ときっぱり返ってきた。「おフランス止統論者」として伯母が祖父の信念を受け継いでいたのだ。ま、スペルのミステークを許しがたく思うのには、小学校教員という伯母の職業も関係しているかも分からないが。

でもなんといっても、「ミス説」を認めてしまえば、多少なりとも「由緒ある苗字」から、「情けない苗字」へとイメージダウンするので、そうは思いたくないのだろう。ぼくは、しかし表記の間違いが生んだネームとなれば、愉快な言語的「兄弟」を得て、逆にイメージアップではないかと見る。「ビナード」という名は、例えば「イチョウ」と同じ運命に翻弄《ほんろう》された仲間だということになるからだ。

イチョウの木は中国原産だが、十八世紀に、日本から初めてヨーロッパへ運ばれて行った。従って、ジャパニーズをベースに命名。だが、元の日本語名もかなり適当だ。中国語名の「鴨脚」の宋音「ヤーチャオ」が、いつしか訛って「イチョウ」となり、「銀杏」の二字をあてがわれた。種子のほうは、同じ「銀杏」と書いて「ギンナン」と読むが、これは「杏」の唐音「アン」が連声で「ナン」にすり替わり、でき上がった単語。

イチョウを西洋に紹介した博物学者は、宋音や唐音の機微に通じていなかったため、漢和辞典どおりの「銀＝ギン」「杏＝キョウ」を、そのままローマ字に置き換えた。ただしその際、ふとしたペンのはずみでyがgに化けてしまい、ginkyoのはずのネーミングがginkgoのスペルで世に出た。そしてこの誤記が、学名のGinkgo bilobaとして確定、英語名もginkgoと決まった。ところが二つ目のgを発音しないし、ほとんど発音のしようもないので、大方の英米人はkが先かgの後にkがくるのだったか、まるで覚えられない。その結果、ginkgoでもgingkoでもいいことになり、今はどちらを書いてもミスを咎《とが》められずに済む。

あまり使われることはないけれど、maidenhair treeという、イチョウの純英語名もある。ginkgo（またはgingko）より後にできた、一種、源氏名的なネーミングで直訳すれば「乙女の毛の木」。日本語なら「銀杏返し」だの「銀杏髷《まげ》」だの「大銀杏」「浪人銀杏」、ご婦人から武士力士まで、髪型にまつわるイチョウ関連語は枚挙にいとまがない。英語も同じなんだなぁ、と素直に喜びたいところだが、調べてみると、どうやら指している hair の位置が違うらしい。乙女の下の毛の三角がイチョウの葉の形、その葉脈も含めて似ているというので、こう名づけられたそうな。

学名の Ginkgo biloba の後半の「ビロバ」は、「二つの裂片《れっぺん》からなる」意味でこれも中央に裂け目を持つ葉の形を表している。アルツハイマーが増え続けるアメリカでは、イチョウの葉の粉末をカプセルに詰めたものが、ボケ防止の万能薬としてベビーブーマーを中心に人気があり、商品名もずばり Ginkgo biloba。それなのに、ギンナンのほうは米国人にまるで好かれないのだ。何年か前、秋にワシントンを訪れ、散策の途中で見事なイチョウ並木に遭遇。地面にはギンナンがびっしり落ちていたが、拾う者はだれもいなくて、通行人はただただ踏まないように足元を見て、顔をしかめて「くさいッ」と独りごつばかり。

東京へ戻った翌日、自転車で外苑東通りを走った。歩道や植え込みでギンナンを拾うおじいさん、おばあさんがいて、ぼくもいっしょに二十個ほど拾って帰ったものだった。

アメリカの祖母の形見のフライパンに
　祖母の知らない銀杏の音

杓文字

聴診器が冷たくてゾクッとしちゃう、針が怖い、血を吸い採られると気を失いそうになる……子どものころ、医者が嫌いな理由は枚挙にいとまがなかったが、中でも一番イヤなものは「TONGUE-DEPRESSOR」。つまり「舌圧子《ぜつあつし》」。喉《のど》を診るとき、医者が「アーンして」といってスッと口の中へ差し、舌を押さえつけるその器具のこと。ぼくがいつも連れて行かれたオニール・クリニックでは、使い捨ての木製のヘラが使われていた。アイスキャンデーの棒みたいだがもっと幅広く、カサカサしていて、いかにも無菌状態なのでかえって不気味。しかもオニール先生は口の奥まで差し込むクセがあって、それだけでゲロを吐きそうになる。

吐くのも、ぼくは人一倍ヘタだった。無駄な抵抗をして、きまって鼻からも吹き出したものだ。嘔吐《おうと》のコツをやっと覚えたのは、中学一年のこと。一つ年上の幼なじみのカークに教わったのだ。

彼の祖父母がテネシー州に住んでいて、春休みにいっしょに遊びに行った。復活祭の日、カークがおじいちゃんの嚙《か》みタバコをくすねて、種がまだ蒔《ま》かれていないトウモロコシ畑で、ぼくらは凧揚《たこあ》げしながらタバコをモグモグ。すぐにニコチンが回って、少しハイになる。一方、凧はなかなか揚がらない。ペッ、ペッ、と茶色い唾《つば》を吐かなければいけないのだが、凧を揚げようと走り回っていると、つい飲み込んでしまう。いつの間にか畑で四つん這《ば》い。

なんともないカークがそばへきて、しゃがんでぼくの背中をさすり、「リラックスして、息を出すように出すんだ……呼吸を、胃袋のペースに合わせて……胃袋とダンスする感じで……」。

そのカークが、やがて医科大に入学、あいつに「舌圧子」を差し込まれる日がやってくるだろうかと思っていたら、眼科を専門に選んだ。

ぼくは日本に移り、電気炊飯器と木製の杓文字《しゃもじ》を買って、ご飯を主食にしている。最後のいく粒かを杓文字から直接しゃぶり取るとき、ふと「舌圧子」を思い出すことがある。

いつかカークへの手紙の中で、ライスを食べていると体の調子がいい、そして電気釜の便利なことを書いた。だからか、彼が自分のクリニックを開業したとき、お祝いに何がほしいと聞くと「エレクトリック・ライス・クッカー」と返ってきた。電圧変換器と竹製の杓文字を添えて、船便に載せた。

数カ月前からある出版社の依頼で、日本の子どもたちのための「絵入り英語ワードブック」の作成にたずさわっている。「病院の巻」の絵ができ上がってみると、端っこのほうで赤ずきんちゃんが眼を診てもらっている最中。片目を「遮眼子《しやがんし》」、つまり棒がついた黒い円盤でふさぎ、視力検査表を読もうとしている。編集者の話だと「遮眼子」のことを俗に「オサジ」ともいう。

しかし英語の単語をいっぱいつけないと「ワードブック」にならないのに、そのオサジを何というか分からず、普通の和英辞典には載っていなくて『医学和英辞典』を引くとヘンチクリンなジャパニーズイングリッシュだけ。しかたなくカークに国際電話をした。

「OCCLUDER」というのだ。

ついでに久々のよもやま話。彼は先月ボランティアとして、コスタリカへ行って山村で白内障の手術など、掘っ建て小屋で早朝から暗くなるまで次々といった具合で働いたとか。

「OCCLUDERなんか向こうにはなくてね。こっちもそこまで気が回らず、持って行かないから、代わりにスプーンを使ったんだ。でも本当はスプーンよりも、おまえがむかし送ってくれたシャモジのほうが、形が眼に合うし軽いし、あったらいいのになぁって思ったよ」

もうじきクリスマスだ。カークは来春、またボランティアで、今度はホンジュラスへ行くという。

数日後、東京のデパートの台所用品の売り場で、ぼくは杓文字を物色した。竹か木かプラスチックか……大か中か小か……一つずつ眼に当ててみる。知らぬ国の村人たちの眼を思い浮かべながら。

死に装束の試着

外套《がいとう》の隠しにいつのおきよめか

「ポケット」の古風な言い方が使ってあるので、これは一見、年代を経たものに見えるが、何をかくそう、ぼくがひねった駄句だ。

来日して十年以上経つが、日本で初めて葬儀に参列したのは、わりと早かった。通っていた日本語学校の校長先生が、定年退職目前で亡くなったのだ。四人のクラスメートとともに、ところどころに立ててある「○○家」のモノクロ看板を頼りに、知らない駅からどうにか会場に着いた。なんて黒々してる！　ぼくら生徒代表団のメンバーは、一応、日本に持ってきている服の中から一番地味なものを選んで着てはいたのだが、それでも浮きまくっていた。

「葬儀で浮くべからず」を、先生から得た最後の無言の教訓として、ぼくはその後、最低限のウエアを揃《そろ》えた――黒ネクタイ、真っ白いシャツ、真っ黒いズボン。黒のジャケットは迷った末、買わないで黒いセーターでごまかすことにした。

そして一時帰国したとき、自宅で段ボール箱の中に眠る洋服の発掘をしていたところ、むかしセコハンの店で買った外套が出てきた。黒ではないが、沈んだ感じの焦げ茶で、これなら目立たなかろうと東京へ持ち帰り、葬儀のユニフォームに加えた。

何年か経った冬のある日、別にだれが死んだわけでもなく、ただ普通に外套を着て出かけようと、スッと左ポケットに手を入れてみると、オヤッ……清めの塩の小袋が入っていた。ゴッドも神も仏も信じないぼくではあるが、セレモニーに関してはできるだけ「郷に入っては郷に従え」でやろうとしているつもり。しかしいつだったかの、葬式の最後の仕上げを忘れてしまったようだ。

さてこの塩……ゆで卵にかける……わけにはいかないし……ポイと捨てるのも……。結局は、句にしたわけだ。

とりあえずウエアは揃い、あとは焼香と献花の仕方と、香典袋の書き方くらい知っていれば充分だろうと思っていた。が、九七年の晩秋のある夜、イタリアのベネトンの雑誌『COLORS』のエディターから、藪《やぶ》から棒に「日本の場合は、遺体にどんな服を着せるのか？　代表的なものをワンセット入手して、至急送付せよ」と依頼のファクスが届いた。数年前からぼくは、その『COLORS』の日本担当・コレスポンデントをしていたのだ。

次号の「DEATH」特集で、世界の死に装束を、モデルを使ってグラビアで紹介したいのだという。翌朝、ぼくはタウンページをひき、「葬祭業」の店に片っ端から電話して、お願いしてみた。しかし、どこも譲ってくれない。「売ってくださいっていっていっても、単価があるんじゃやなくて葬儀全体の料金に含まれてるのでね」などなど。こっちが「五万円！」とオファーしても相手はビクともせず、レンタルももちろんだめ、要は死なない限り手に入らないのだと思い始めたそのとき、以前お世話になったあるタウン誌を思い出した。たしか葬儀屋の広告が載っていたはず……。

編集者に頼み込み、加盟店の葬儀屋を紹介してもらった。交渉の甲斐《かい》あって、やっと購入にこぎつけ、着付けの手ほどきも受けたのだった。

リュックにひそませ、部屋に持ち帰り、翌日の国際エクスプレスメールで発送すべく梱包《こんぽう》を始めたが、気になって、経帷子《きようかたびら》だけ羽織ってみた。それから、六文銭の入った頭陀袋《ずだぶくろ》を首にかけ、ついでに手甲《てつこう》をつけ、そして脚絆《きやはん》も。草鞋《わらじ》も履き……結局、三角頭巾《ずきん》まで巻いて、しばし姿見の前に。

二カ月後に雑誌ができ上がり、「死に装束グラビア」を見たとき、なんだか、ぼくのほうが似合っていたかもと思った。自慢じゃないが。

欄外を生きる

二重結婚できるというのは、「外人」であることのウマミの一つかもしれない。ぼくの場合は、同じ日本人女性とダブルに結ばれたのだが。

ことの始まりは一九九七年の初春。彼女が「一度くらい戸籍を汚してもいいかな」といってくれたので、何をどこにどう提出すれば成り立つのか、調べ出した。挙式はなしと、最初から二人で決めていたけれど、諸々の手続きを、セレモニー代わりに面白がり楽しんだようなものだった。

煩瑣《はんさ》とまではいかないが、やはり日本人同士の結婚に比べて、インターナショナル・マリッジのほうがいろいろ用意して役所に持参せねばならない。まず「婚姻要件具備証明書」というものが必要と分かった。それは「上記のヤンキーは結婚可能な年齢に達し、それでも本国では未婚であり、従ってニッポンで身を固めても構わない」といった旨のオフィシャルな紙切れで、発行してもらうため、ぼくらは赤坂のアメリカ大使館へ出かけた。

荷物検査とボディーチェックを経て入館。申請書の記入を終え、窓口のおじさんにそれを差し出すと、ほのかな南部訛りの米語で「右手をあげてください」という。

「あなたは、ここに書いたことが事実で真実で、現にそのほかの何ものでもないと、神の前で宣誓しますか？」

神そのものが何ものでもないと思っている無神論者のぼくは、一応神妙な顔を作り「アイ・ドゥー」と答えた。ほどなく「要件具備証明書」の英語オリジナルが一枚の事実として現れた。おじさんに、ついでにたずねた。

「豊島区役所で婚姻届が受理されたら、またここへきて届け出るんですか？」

「いいえ、それはしなくてもよろしい」

「じゃあ、区役所から直接、情報がここに送られてくるわけですね」

「いいえ、それはないです」

「ならどうやってアメリカのほうに、ぼくが結婚したって伝わるんです？」

チラリとここで一瞬、当惑顔を見せた大使館員。でもすぐ無表情を取り戻し、他の客の書類をカサカサさせながら、「大丈夫です。二人の結婚はジャパンにおける手続きのみで充分成立しますので……」とすり替えの弁。

要するに米国人が、日本で日本人と結婚した後、黙って帰国し別の人と結婚しても、日米両国の役所にはバレやしない。インフォメーション・テクノロジーの目覚ましい進歩クソ食らえ。ダブル・マリッジを二人で即、決め込んだ。

日米の結婚情報がうまくつながらない理由の一つには当然、戸籍制度の違いがある。違いというよりも、なにしろアメリカには戸籍に相当するものがなく、「結婚」という形は「マリッジ・ライセンス」と呼ばれる、確かにこの二人はくっつきましたと、それだけ示す許可証ででき上がるのだ。逆に日本はなんと、氏《うじ》と家と本籍地までこだわって二人を固める。

さて「籍無し児」をどう処理するか。まず彼女が親の籍から出て、新しい戸籍の戸主にならなければいけない。そこへぼくが入れてもらうわけだが、日本人同士のように「主」の名のすぐそばに堂々と入るのではなく、脚注さながら欄外に。「こんな載せ方ないだろッ」――こっちが憤慨していると、彼女は「欄外を生きるのね」と慰めてくれた。

ラストネームに関しては、国際結婚の場合、また改めて別の手続きを取らない限り、自然と夫婦別姓になる。欄外の者は、氏という核心には触れられないのだ。

係の人にシャッター押しを頼み、「各種届出」と書かれた看板の下で、婚姻記念に一枚撮ってもらった。

それからちょうど二カ月後のこと。日本では押しも押されもせぬ夫婦であるというのに、アメリカ側の税関を通ればただの婚前交渉中カップル。そんな身分でぼくらはニューヨーク入りした。そして時差ボケが治ってきた翌々日、マンハッタンのダウンタウン、ブルックリン橋にほど近い市役所へ出かけた。彼女はパスポートを、ぼくは出生証明書と運転免許証をリュックに忍ばせて。

アメリカの婚姻届は、戸籍はもちろん住民票もまるで関係ない。デトロイト出身のぼくなので、出生証明書の原本はミシガン州にある。けれど運転免許証はオハイオ州が発行したもの。母の住む自宅がオハイオ州にあるからだ。どっちみちニューヨークにしてみれば、他州のアメリカ人と他国の日本人のオノボリサンに過ぎないぼくらだが、最低限の身分証明をして三十ドルの登録料さえ払えば、受け付けてくれる。

窓口からズラリとのびる列に、お揃いのジャケットを着たチャイニーズのカップル、どうやらノミの夫婦になろうとしているらしいロシア人のカップル、フランス人男性とユダヤ系アメリカ人女性、南米系の二人、アフリカ系の二人……と、列の中の言語のルツボに、こっちもしばしば日本語を足していた。

当たった窓口のおばさんは黒人で、派手にペインティングした長い爪で、器用にコンピューターのキーを叩き、二人の情報を入力（ワイフ欄の名前と住所のローマ字には、ちょっとてこずったが）。全部打ち終わると「二十四時間以降、六十日間以内にまたここへ来て、この仮登録証を七番の窓口へ……」。おばさんはいきなりウエーティング・ピリオド口上を述べ出した。「何だって⁉」一日待って、もう一度足を運ばないと「本番」の届け出ができないという。つまり、気が変わるといけないから、少なくとも二十四時間ぐらいは考えておいてちょうだい――頭を冷やすための待機期間なのだ。

思えば拳銃も、アメリカの法律では、ガンショップに購入申請を出してから三日間のウエーティング・ピリオドがある。それは、カッとなってガンを買ってきてすぐ相手を射殺するといった事件が跡を絶たなかったので、全米ライフル協会の猛烈な反対を民意が押し切り、やっとできた銃規制法だ。危険度でいうと、拳銃は結婚のたった三倍なのか……。

次の日、「立会人」に友だちを四人引き連れて、再び市役所へ。「本番」の登録料としてさらに二十五ドルを払わせられたが、その代わり、廊下の反対側の小ぢんまりとしたチャペルで三、四分のにわか式典を開いてくれた。チャペルといっても宗教は関係なく、裁判官の衣装を身にまとった貫禄《かんろく》たっぷりのヒスパニック系女性が、「病めるときも健やかなるときも……」の口上をやった。いや、たぶんそれだったろうと思うが、女性のスペイン語訛りがあまりにも濃く、口上の半分も聞き取れなかった。それでも、互いに「アイ・ドゥー」を挟んでおいたのだ。

　　パスポートに配偶者ビザを押されたり
　　　紛れもなくぼくはきみの夫よ

死者からのクリスマス便り

白い息を吐きながら、小学三年生のぼくが手袋の手で〈クラークストン音楽学校〉のベルを鳴らす。中から「Come in」と、量感のあるバリトンが聞こえる。入って奥の「プラクティス・ルーム」へ、ミシミシ床板を踏んで行き、ピアノ椅子に腰かける。フーと息を吐けば、室内でも白い。真冬だ。ピアノを習い始めたばかりのぼくの、登校前のレッスン。

アイバン先生があくびして、大きい手で古い灯油ストーブをカチャカチャいじり出す。その音を聞きつけて、トラ猫と三毛猫がやってくる……本当のことをいうと、ぼくはピアノなんか習いたくない。両親にむりやり通わせられているのだ。ストーブが点火すると、音階を弾かされる。

ほどなく「お湯沸いたかな」と先生が席を立つ。台所から「続けて」とバリトンが響く。やがて紅茶とビスケットが二人分出てくる。ダージリンの味を覚えたのはここでだ。親に反抗してゼッタイ覚えないでやろうと沈め込んでいたピアノも、いつの間にか少し弾けるようになった。アイバン先生がぼくの反抗を躱《かわ》し、週一の「早朝レッスン」をさりげなく「お茶のひととき」にすり替えてくれたおかげだと思う。

詩に興味を持ったのも、関係があるかもしれない。ぼくが風邪を引いて休むと、次の週ピアノにつくやいなや「あやうき時は過ぎ去りぬ／長引ける病また／遂に終われり」と、先生がポオを朗々と唱えて笑う。オイラたちの遊び場だった林が伐《き》り倒され、これから住宅が建つんだと報告すると、「人間は地上を傷つけ、されどその力及ぶところ、岸とともに終わる」、突然バイロンが流れてくる。

ディキンソンの詩もよく聞かされた――「〈狂気〉の多くが識別する眼には正気と見え、〈正気〉の多くがまったくの狂気と……」の一篇。ミシガン州の小さな町、クラークストンの片隅に傾いて建っていた貸し馬屋を改造し、音楽学校を始めたアイバン先生の試みは、多くの人の眼には〈狂気〉と見えたことだろう。

私立中学校に入り、ぼくは音楽学校へ通えなくなった。高一のとき、オハイオ州に引っ越した。大学はもっと遠いニューヨーク州に。それでもたまには、アイバン先生と小学時代の友だちに会いに、クラークストンへ行った。

日本にきてからは、先生と毎年クリスマスの手紙を交わしていた。しかし九三年のクリスマス、こっちから出してもナシのつぶて。翌年の夏、アイバン先生の訃報《ふほう》に接した。

九五年のクリスマスにオハイオへ帰省。小学校の同級生で、やはりアイバン先生にピアノを教わったカートという友人に電話をかけ、会いに行くことにした。彼はお坊っちゃんで、のんき屋で、クラークストンでレストランを経営。泊めてもらって語り明かす。翌日ぼくが帰る支度を始めると、「そうだ、そうだ」と彼は引き出しの中を探し、「遅くなったけど」と一枚の封書を渡してくれた。

アイバン先生の節くれ立った英字で、ぼくの東京の住所が書かれている。その上に「あて名不完全で配達できません・豊島」と赤い日本語のスタンプが押してある。よく見ると「Ikebukuro」が逸脱。

体調が思わしくなかった先生が、戻ってきたクリスマス便りを代わりに郵送してくれと、カートに預けたのだそうだ。そのうち出せばいいやと思っていたら、先生が逝ってしまい、今に至ったとか。「〝きらきら光る空気を、子らの私たちが手に取り、網を編んだ……〟というシャーロット・ブロンテの詩、覚えていますか。今、それに曲をつけているところです……」という内容の手紙。毎年クリスマスが近づくと、ふと思い出してぼくは、どんなメロディーか想像する。そして、アイバン先生に返事が書きたくなるが「あて名不完全」。

カートのやつに送って、あの世へ逝くまで預かってもらうという手が、あるにはあるけれど。

ゴッドハンドとチップ

記録や蒐集《しゅうしゅう》や調査を手掛ける人間にとって、捏造《ねつぞう》の誘惑は常につきまとうものかもしれない。無論、「魔が差した」といって済まされる問題ではないのだが、でも、例の〈神の手事件〉の怖さがまったく分からないわけでもない。なにしろ、こんなぼくにだって、一種の捏造歴がある。

もし日本で生まれ育っていたら、過ちをおかさずに済んだろうが、ぼくはチップの大国アメリカ出身。七歳の夏のある日曜日、家族で映画館へ出かけ、帰りにアイスクリーム・パーラーに寄ったときのことだった。

奇妙なほど、どうでもいいディテールをはっきり覚えている。母がバナナパフェ、妹がシャーベット、父とぼくはチョコレート・ミルクセーキを頼んだ。店の内装は一九二〇年代風のレトロで、隅のほうでアンティークの自動ピアノがフォスターの曲を演奏している。当時ぼくは、週に一ドルの小遣いを父からもらっていた。それは同い年の友だちの小遣いに比べてやや少なく、ちょっと不満だった。五十セントの大幅賃上げを、いつ思い切って要求するか、そのタイミングのことまで考え始めていた。

ミルクセーキをすすり終わり、「スワニー川」の曲も鳴り終わる。父はレジへ行って勘定を払い、戻っておつりの中から一ドル札を一枚、テーブルに置いて「さあ、帰ろう」。そのときだ、魔が差したのは。

自分が一週間ずっと待ちに待ってやっと手に入れる金額が、目の前のテーブルの上に、無造作に、知り合いでも縁者でもないウエートレスのために……。父がそのまま出口へ向かい、母と妹も席を立って歩き出し、ぼくはミルクセーキの最後の最後をもう一度すするふりをしてだれも見ていないのを確かめ、一ドル札をつまんでポケットに突っ込み、足早に店の外へ。

しめた！　と思ったのもつかの間、さあ大変だ。胸がドキドキして顔がポッポと赤く、そのくせ背筋はゾクゾク、冷や汗もジワリと。あんなに欲しかった金が、今はポケットの中でチクチクチリチリして、捨ててしまいたい衝動に駆られる。数百メートル離れた駐車場へ両親の後について歩き、どうにもならず、でもどうにかしなければと、そこでハッと捏造を思いついた——この〈ちょろまかし物〉を〈拾い物〉に造り変えて正当化すればいいんだ。

つまりソッと落としておいて、「あッ、あんなところにお金が！」と拾う。思いつくは易く、でも行うタイミングが難しく、そうこうしているうちに、もう駐車場までできてしまった！　苦し紛れに、父の車の手前にとめてあったバンの下へドルを投げ落とし、捏造劇をやらかした。きっと最初から、バレていたのだろう。けれど両親は叱《しか》りもせず、無視するような感じで、ドル札を握ったぼくを車に乗せた。

家に着いても放っておかれたぼくは、ひどくばつが悪く、外でひとりでバスケットボールをやってごまかしていた。しばらくして、着替えた父が家から出てきて、ドリブルしてシュート。それからいつもの優しい口調でぼくに、「あのドルは、本当は拾ったんじゃないだろう」。

内側に溜《た》まっていた後ろめたさがドッと堰《せき》を切り、ぼくは泣き出すと同時に、告白し出した。父は怒らず、こっちがみんな吐き終わるまで落ち着いて聞いていた。

そして、チップはサービスに対する感謝のしるしだから、それが置かれていないと「サービスが悪かった」という、間違ったメッセージを送ることになる、それにウエートレスという仕事は、きついわりに時給が低く、チップの稼ぎがなかったらとてもやっていられないんだよ、などなど言い含めるように話してくれた。

肝心の一ドル札も、取り上げられたのではない。そのまま持って一週間後、次の日曜日に父と二人で同じアイスクリーム・パーラーへ出かけ、同じウエートレスにチョコレート・ミルクセーキを出してもらい、すすりながら今度は「草競馬」の曲を聴いた。すすり終わって父が勘定を払い、またもやおつりの中から一ドルを取り、テーブルに置いた。ぼくも、ポケットから問題の紙幣を出して、その上に重ねた。

小遣いの賃上げを要求できたのは、だいぶ経ってからだ。今でも、フォスターの音楽を耳にすると、恥ずかしいような、甘いような。

キャッチアップ

アメリカのポートランドでロックバンドのドラムを叩き、昼間はバスの運転手をやっている友人のブルースから、昨夜、久しぶりに電話があった。

小学四年のとき、彼は転校してきて、同じクラスになった。放課後いっしょに釣りをしたり、「クイックピック」という駄菓子屋にいりびたったり、思い出すと相当、二人で道草を食ったものだ。

だが、肝心な事となると、彼のほうが必ず先を行った。

ロックンロールに目覚めるのも、女の子に目覚めるのも、恋人をつくるのも、酒、大学中退、結婚も彼のほうが先駆者だった。ブルースにキャッチアップしながら、ぼくはオトナになったようなものかもしれない。ただ、水疱瘡《みずぼうそう》だけはこっちが先んじたのだが……。しかしついていけなかった、永遠に追いつかないだろうことも、その中にはあった。

年に一、二度、ぼくのほうから電話をかけるのがここ数年のパターンだが、昨夜は珍しく向こうからかかってきた。「やあ、元気か」とひと言いうなり、「オレつくづく思い知った……」と彼は切り出した。「この二十年間を、オレは完全にムダにしてしまった。身につけてきたものは、みなクズ同然だ」「そうじゃない。いま、無意味に思えても、時間が経つと……」。こっちが慌ててあれこれいってみたが、向こうは慰めて欲しくて電話してきているわけじゃない。自分が達した、確固たる結論を、ぼくに報告するためらしいのだ。「ムダじゃなかったのは、ワイフといっしょになったことくらいだ。で、ここでオレが死んだとしても、それもまたムダだから、ガキでもこしらえて、生きていこうと思ってるんだ」

電話を切って、ぼくは計算した。ポートランドは時差からいって、いま夜中の三時だ。彼のいった二十年間というと、ぼくらが出会ったころからのこと。「完全にムダ」だったのか。この自覚も、ぼくがいずれキャッチアップする事柄なのだろうか。それとも、永遠に追いつかない部類のほうなのか……。それらを反芻《はんすう》するうちに、東京も夜中の三時を回っていった。

次の日、仕事の打ち合わせがあって、ブルースの言葉を引きずったまま、地下鉄に乗った。すいていたので、腰かけた。向こう側の座席に、こっちと同じ年恰好のサラリーマンが二人いて、片方が最近買ったデジタルカメラの話をしている。見ると、二人の足元に、十センチくらいの細い白い棒がころがっている。だれかが落としたぺろぺろキャンディーの棒だ。が、いまはそのキャンディーがついていた端に、埃と毛と糸屑《いとくず》がくっついて、複雑に絡み合い、その尾が棒の三倍の長さに達している。

車両の隙間《すきま》風にかすかに揺れて、これからももっと長く、伸びていきそうだ。

ぼくもそろそろ、ガキが欲しいかな。

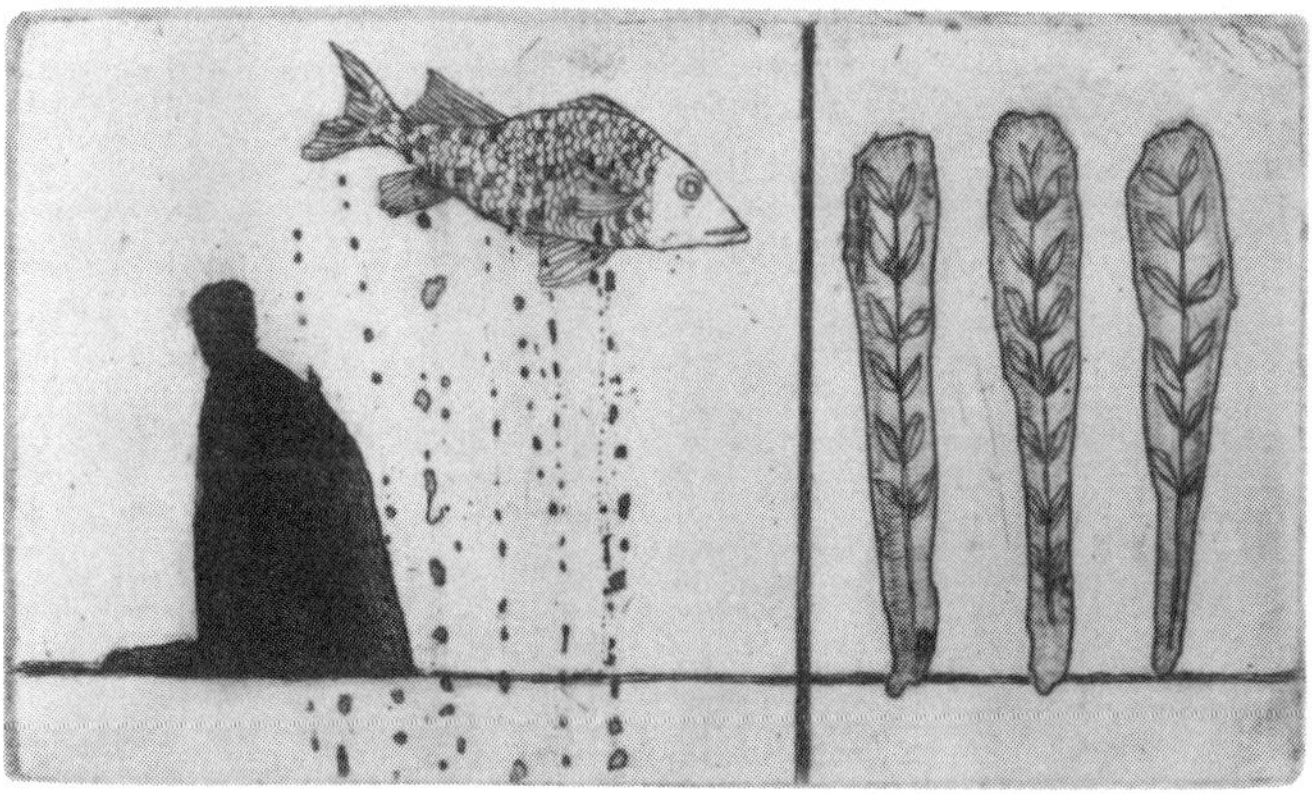

II 空からやってきた魚

団子虫の落下傘

十一階建てのマンションの最上階に引っ越した。コンクリートの塔のてっぺんにいたら、土や緑や生き物に触れる機会が減ってしまうのではと、ためらいはあったが、住んでみるとそうでもない。三畳ほどのサンルームがあって、そこで土いじり――鉢植えのアオジソ、パセリなど妻が面倒を見、ぼくもときどき何かを植えたり枯らしたりする。

ベランダには雀がよくやってくる。というのも、お隣が植木好きの大家さんだからだ。ベランダのこっち側と向こう側を仕切るものが何もなく、向こう側には庭木が十本ばかり、ちょっとした石垣の中に植わっている。そこに蟻が大勢、団子虫も多い。

実をいうと、世の中が「だんご3兄弟」で盛り上がっていたころ、わが家では

「団子虫騒動」が起きていた。鉛色の鎧《よろい》を背負って、一見は鈍そうに見える団子虫だが、好奇心旺盛《おうせい》で住居侵入にたけている。サンルームのガラス戸をきちんと閉めても、どこからか入り込んで散策、やがてリビングルームにまでやってくる。そいつをつまみ上げて、大家さんの植え込みへ一投げ。

毎日そんなことを繰り返していたが、いつしか考えた。ひょっとしたらこれは、植え込みが満員で、しかたなく新居を探しにわが家へきているのかも。下界なら新居が見つかるだろうに……。そこでぼくは、植え込み目がけての一投をやめ、ベランダから下へ放ることにした。直下の「下界」といえばマンションの駐車場だが、周りに草木があり、団子虫はきっとそれを見つける……。

ところが、侵入者が特別多かったある週末、妻からクレームがついた――「転落死させるなんてひどい」。

「死にやしないよ」。ぼくは反論したが、いささか不安になって、次に落としたときに見届けようとした。小さすぎて、着地前に見失ってしまう。そこで実験を行うことにした。

まず、団子虫を八匹捕まえて容器に入れ、妻に託す。それからぼくは地上へ降り、駐車場に立って合図。見下ろしていた妻が一匹を持ち上げて、落とす。だがその一匹はどうやら、途中の何階かのエアコン室外機の上に乗り上げたらしい。二匹目は、投球に少し力を入れてもらい、駐車場のど真ん中へ。その飛行の様子は、十四本の足と二本の触角を思いっきり伸ばし、鎧を落下傘みたいに広げている。そして着地寸前、ぎりぎりのところでキュッと体を丸め、アスファルトの上にコロッと転がった。止まると、何事もなかったように這い回り始めた。

三、四、五匹目と、みな同様に落下をやりこなし、ぼくは順に拾い上げ、「無事だ！」と得意になって妻を見上げて報告。彼女は「じゃ、もういいわねェ」とベランダから姿を消した。

四匹の虫を片手に、エレベーターで戻ると、「怖い思いをさせちゃって、かわいそうに」と妻。「怖いのかな……」。ぼくの想像では逆に、空を飛ぶスリルを団子虫たちは楽しんでいたのだが。

そういえば、遊園地に行くと、ぼくが絶叫マシンを目指すのに対して、妻はそれらをかたくなに拒む。スリルか、恐怖か、あるいは全然違う、団子虫ならではの感覚で飛んでいたのか。手の中の四匹を、もう一度飛ばすつもりで運んできたが、とりあえず、大家さんの植え込みへ返してやろう。

ビーバーと愉快な仲間たち

　釣り小屋のポーチの、日だまりに干しておいた胴長を、さかさにして軽く叩いて、中に入り込んだ砂粒を出してから穿《は》く。ポケットだらけのフィッシング・ベストを着て、よれよれのチロリアンハットをかぶり、竿を片手に川へ下りて行く。岸のブナの木にもたれて、流れをぼんやり眺めていると、少し下流の向こう岸に近いところで、鱒《ます》が水面を割って食う。ひょっとして、大きいかもしれない。何を食っただろうか？

　しゃがんで、すぐ目の前の川面をじっと見詰め、流れてくる虫を識別しようとする。まだ数は少ないが、トビケラの羽化が始まっている。ベストのポケットから毛《け》鉤《ばり》入りの箱を出して、鹿の毛でできた「カディス・フライ」という、トビケラの成虫をまねたやつに決める。釣り糸の先に結び付け、指先でその毛を整える。岸の生い茂った草を分けて上流へ十メートルばかり歩き、そこから川の中へ入る。手首をならしながら糸を右へ、左へ投げ、徐々に下流へ進む。さっきの鱒が、同じ場所でまた水面に現れて食う。

大きなヌマヒノキが枝を川の上に差し出していて、鱒はちょうどその下陰にいる。ゆっくり近づいて、ヌマヒノキの枝を引っかけないように低く構え、やや横殴りに糸を投げる。うまい具合に、陰の上流一メートルくらいのところへ毛鉤をのせ、息を凝らして待つ。反応もなく流れて行く。

あらぬ方へ一回投げて、一呼吸をおき、再びヌマヒノキの下陰をねらう。水面下で、赤銅《しゃくどう》色の光がちらっと反射して、どうやら毛鉤を一目見ようと、川底から上がってきたらしい。カディスはまんざらでもないのか。あらぬ方へ二回やって、それから空中で前後に振って毛鉤を乾かし、今度はもう数センチ陰の奥のほうへすっと投げる。躊躇せずに、鱒は食いついてくれた。

三十四、五センチのブルックトラウト。実に美味な魚だが、四十センチを超えたころにまた出会えることを願って、放すことに。そのクリーム色の下顎《したあご》から、そっと鉤をはずして、両手で支えながら流れの中へ戻す。相手はきょとんとして、数十秒はこっちの手の間で微《かす》かに体を左右に揺らし、逃げ去ろうとしない。大丈夫かと、少し不安になって、親指でその尾に触れると、放たれた矢のごとく、瞬時にして消えた。

さらに五十メートルほど下って、川がゆるやかにカーブしてひときわ深くなる場所で、もう一匹のブルックトラウトを釣り、またそっと逃がす。下流へ歩くペースを速め、次の曲がり角を過ぎて、ちょうど岸と添い寝するみたいに浮かんでいる倒木の手前で、ねらいを定めて投げようと構えた途端、パン！　ドッポーン！　何事かと驚いてぐるっと振り返り、チロリアンハットを川に落とし、慌てて拾おうとしてあわや竿も落としそうになり、笑いが込み上げてきた——またビーバーにやられた。

岸に上がって食事していたのか、それとも木材の伐り出しか。ビーバーというのは、危険を嗅《か》ぎ付けると、すぐさま水の中へ飛び込むが、ダイブ中にタイミングを合わせて、その平べったく厚ぼったい尻尾《しっぽ》で、思いっきり水面を引っぱたくのだ。それは周りに危険を知らせるため、といわれているが、危険と見なされた相手を瞬うろたえさせる効果もある。少なくともぼくなど、銃声かと思えるほどでっかい音に、毎回ドキッとする。追っつけ聞こえてくるドッポーン！　も迫力満点だ。

櫂《かい》にも似た尻尾と、水掻《みずか》き付きの強力な後ろ足を使って、ビーバーは水中で軽く十キロの時速が出せる。驚異的な肺活量と特殊な肝臓を持ち合わせているので、十五分間も、平気で潜っていられる。パン！　と飛び込む前にこっちがちゃんと気づいておかなければ、その美顔はなかなか拝見できない。

野生動物に出会うたびに、スリルを覚えるのといっしょに、邪魔して悪いなと、のこのこテリトリーへ侵入した後ろめたさも感じる。胴長を穿いて川へ下りてみると、例えばオオアオサギが先にきて釣りをしていたり、あるいはカワセミがやっているときもあるし、アライグマがザリガニを捕っているときも。でも決まって、相手が釣り場を譲ってくれる。悪いなと思っても、向こうがいなくなって、少しすると、じゃ遠慮なく、といったふうに自分の無礼をけろりと忘れる。ところが、ビーバーはそうはいかない。

パン！　ドッポーン！　のあと、見回すと近くにたいがいビーバーの巣、つまり丸太と泥でこしらえた半球形の大きな建造物が目に入る。場合によって、もっと大規模なダムという建造物もそこにあったりする。岸には建材として伐り倒された木々、樹皮をかじり尽くされた枝々、一面のおが屑……。自分がビーバーの仕事と生活を妨げていることを、見せつけてくるものがごろごろとあるのだ。こっちが消えさえすれば、工事は再開されるに違いない。

伊達《だて》にダム建設をしているわけじゃない。ビーバーは安全を確保するため、巣の出入り口を水中に作る。冬の食料も、みな水中に貯蔵。従って、周りの水が底まで凍ってしまったら、命取りだ。ダムで常に水位を調節して、住環境を整え、厳冬の最悪の事態を回避する。全長一キロを超えるビーバー・ダムもあるらしい。

腕っこきのビーバーをまのあたりにすると、何か仕事を頼みたくなってくる。他の動物たちだってそうじゃないかと、おかしなことを考えたりもするが、実はそんな小咄《こばなし》が、ミシガンあたりに残っている——。

毛皮をねらって、ひとり森に入った猟師が、途中で少し休もうと、銃をおいて一服つけた。とそこへ突然、オオカミの一群が襲いかかり、銃を取る間もなく彼は追い回され、囲まれてしまった。木登りが得意というわけではなかったが、火事場の馬鹿力で、そばにあったカバノキの幹に飛びつき、ぐんぐんそのてっぺんまで攀《よ》じ登って行った。それから、相手があきらめて帰るのを静かにじっと待った。

オオカミたちも、みな木の下に腰をかけて待つことに。一時間くらいして、そのうちの一匹がすっくと立ち上がった。何か思いついたらしく、仲間に一声吠えると、すたこら行ってしまった。

やがてそのオオカミは、なんとビーバーを一匹、引き連れて戻ってきた。ビーバーはちらっと見上げてから、幹を回って太さをはかり、さっそく仕事を開始。そして間もなく、ビーバーはカバノキのてっぺんの柔らかい新芽にありつき、オオカミたちも、猟師にありついたとさ。

※お断り　広い北米大陸をくまなく探しても、オオカミが実際にニンゲンに危害を加えた例は一つも見当たらない。ニンゲンがオオカミに加えた危害なら枚挙にいとまがないが。

空からやってきた魚

先だって、ラジオの仕事で青森へ出かけ、そこで出会ったアイルランド人の女性とおしゃべりをした。在日一年ばかりの彼女は、青森の高校で英語を教える傍ら、コソボ難民支援のためのイベントを開催したり、地域の子どものために「イングリッシュ遊び教室」を開いたり、さまざまなボランティア活動をしてフル回転の毎日だという。

ぼくが真っ先にたずねたのは、来日の理由。すると「べつに……」。少し意外な質問だったと見えて「ただ……きてみようかと……」と、そんな感じでとぎれてしまった。ダブリンの大学で、文部省の教員募集の知らせを目にし、ふらっと応募して受かったらしい。

ぼくはこれまで「来日のなぜ」を何度たずねられたことだろう。そして今ではその返答ときたら「あっさりダイジェスト版」から、語るに二十分もかかる「デラックス版」まで、多数のバージョンができ上がっている。話し相手の時間的余裕と興味の度合いに合わせ、使い分けてさえいるのだ。その中で一番短いのが、この一行――「卒論の際、表意文字に魅惑されて来日」。

でもたまに、われながらひょいとうたぐることがある――本当に自分は「来日口上」のような、理に適《かな》った理由でこの東京の一隅にいることになったのだろうか？　表意文字を含めた日本語に、惹かれたことは間違いないけれど、もっとゴチャゴチャといろんなファクターがあったのではないか。例えば、一種の自己逃避、あるいは母国に対する不満。いや、二十二歳の体内でなんらかの生理的現象が起きたのか、それとも、いつかマンハッタンで食べた抹茶アイスへの憧れ……思いもよらない無意識のほかの因子が、実は真の決め手になっていたとか――ラジオの仕事を終えて、帰りの飛行機の中でこんなことをぼんやり考えていると、何年か前、妹から聞いた話が浮かんできた。

妹は科学者で、水の浄化をなりわいとしている。産業廃棄物で汚染された地下水が専門だが、普通の下水処理場へ出張することもある。そこには丸いスイミングプールのような浄化槽が並び、汚水はまず「第一次浄化槽」に流れて、その後きれいになるにつれ、第二、第三次浄化槽へ。さすがに第一次には、物好きな微生物以外の生き物はいないが、第三次ともなると魚が泳いでいるという。ミシガンあたりたとスズキ科の淡水魚が多く、しかしそれは人間が放流したのではなく、天から降ってきたものなのだ。

水鳥は湖や川で水草などを食べ、魚の卵も食べる。鳥は飛行中でも用足しするので、浄化槽の上を通るとき、魚の卵がそのまま糞《ふん》として、ごく稀に落とされる（浄化槽に立ち寄って羽を休め、置き土産することもあるだろう）。鳥の体内、空の上を通過した卵がそこで孵《かえ》って、大海を知らずとはいえ、たくましく育つというわけだ。

飛行機は少し前へ傾き、高度を下げ始める。窓の外の夜、眼下に広がる首都圏の無数の明かり。「なぜここに？」

あの魚にとっての水鳥のような、そんな「なぜ」もまたあるのだろう。ぼくの今では用意された返答の中にも、「べつに……」といった彼女の中にも。本人に悟られないままに。

益虫？

「ゴキブリ」の語源がおもしろい。

ものの本によると、江戸時代はずっと「ゴキカブリ」という名称だったらしい。口が下向きで、頭の上にまるで器か何かをかぶっているみたいな感じなので「御器冠《かむ》り」。または、食い物をなんでもかじりたがり、皿にまでかぶりつく「五器噛《かじ》り」とも。

明治時代になって、松村松年《しょうねん》という昆虫学者がその著書『日本昆虫学』の中で「ゴキカブリ」を「ゴキブリ」と誤って記したそうな。それに端を発し、呼び名がつまったとか。つまり、「誤記」から生まれた「ゴキ」が定着し、現在にいたっているわけだ。

ギザギザの脚の速さや油虫　　ペダル

土用のころの駄句だ。「ペダル」とは、自転車をコギコギ都内を走り回っているぼくの俳号。何年前の夏だったか、ぼくのぼろアパートではゴキがずいぶんたくさん走り回った。例年よりも二、三倍は出たと思う。しかも、艶《つや》のいいクロゴキブリの大物ばかり。

部屋は本や書き捨てた原稿で散らかってはいるけれど、汚れてはいないハズ。台所の掃除は行き届いているし、洗濯もしょっちゅうするし、畳だっていつも拭《ふ》いてきれいにしている。しかし、押し入れの中の壁板のあちこちに隙間が空いていて、どうもゴキブリたちがそこから侵入してくるようだ。夜な夜な。

夜というとぼくは、昼間のうちに仕上げなければならなかったものを書いていることが多い。なかなかうまく行かず、イライラするのがたびたびだ。書けない自分がだんだん腹立たしく思えてくる。

そこへのこのこ、触角を震わしながらジック……ザック……ジクザクジクザクとゴキが登場。くすぶっている自己嫌悪がたちまち殺気の炎となって、ぼくは手当たり次第に雑誌だの本だのをムンズとつかみ、すさまじい戦いが繰り広げられる。

殺虫剤を使えばいいのにと、お考えになる人もいるだろうが、実戦経験を積んでぼくは、敵のたくましさと生命力のほどを思い知った。ゴキブリをやっつけられるだけの薬品だとすれば、ニンゲンにとってもきっとおりかない。そんなものを部屋に撒布したくないので、尋常に勝負することに。

こっちが勝つと、後片付けの手間がかかる。ゴキをティッシュの死に装束にくるんでゴミ箱へ葬り、床や壁をぬぐって、手をよく洗う。それからまた原稿に向かう。毎夜のようにこんなことを繰り返し、あるとき手を洗いながら気づいた――戦いの後は、仕事がわりかしはかどるようだ。凄絶《せいぜつ》なゴキ殺しでイラ立ちがすっ飛んで、集中できる。カタルシスというか、ストレス解消というか、ともかく都会にはばかる「害虫」の親分たるゴキブリが、ぼくにとってはどうやら「益虫」だ（ただし殺して初めてそうといえる。逃してしまうと気になって逆に集中できない）。

晩夏になって、相手が現れるのを当てにしたような夜さえあった。まだかまだかと新聞を丸め……。

秋になってからというもの、侵入の回数が徐々に減り、木枯らし一号が吹いたころにはとうとう途絶えた。春までどうするか。違うストレス解消法を講じないと……。

そんなある夜、やはりイライラしていて、気分転換に何か食べに行くことにした。「ビビンパ」という店で、フーフーいいながら石焼きビビンバをかき込む。閉店間際で、店内は空いている。食べ終わって麦茶をすすっているとヤアヒサシブリ！　とでもいうように、立派なクロゴキブリがぼくの椅子の下をジクザク。

店屋でストレス解消を済ますと、少し高くつくのだが、後片付けしなくて楽ちんだ。

燃える川、食える川

わが家に一番近い川はといえば、石神井川《しゃくじい》。が、お目にかかる回数でいうと、神田川のほうが多い。普通にしていても週になんだかんだ四、五回。まして忙しく自転車で都内を飛び回っているときは、一日に何度も渡る。素通りすることもあるけれど、止まって自転車を欄干にもたせかけ、流れを見下ろすこともたびたび。

軽鴨《かるがも》が嘴《くちばし》で、もつれた水草の中を探っては、頭を震わして何かを飲み込む。川面から突き出ている小さな岩の上で、亀は安定が悪そうに甲羅を干している。大きな緋鯉《ひごい》と真鯉《まごい》が群れをなし、上流に頭を向けて進まず流されず、いつまでもゆらゆら泳いでいる……。西早稲田から関口《せきぐち》にかけての、晴れた日の神田川は大概そんなのどかな様子だ。

しかし、環境庁が行った「ダイオキシン類緊急全国一斉調査」では、神田川の鯉は水産生物でダントツの最高値だった。細かくいうと、鯉の一グラム当たりに、二十ピコグラムの「コプラナーPCB」などダイオキシン類が含まれていた。これはただでさえ高い全国平均値の、恐ろしや十五倍。

新聞でその調査のデータに出くわす前だって、ぼくは神田川の水質を決して楽天的に見ていたわけではない。でもここまでひどいとは。それからというもの、橋の近くに集まった大物の鯉を見下ろすたびに、以前よりももっと畏敬の念を抱き、さらに、じっと眺めながら目の焦点を少しぼかせば、こんな錯覚をおこす——緋鯉がとろとろと燃える火、真鯉がもうもうの黒煙、神田川は炎上している。

いや、実をいうとこの錯覚には前例の、ある史実がある。実家のあるオハイオ州にも、神田川と同じくらい人間にいじめられた川が流れているのだ。エリー湖に注ぎ込むカヤホガ・リバーは、二十世紀初葉からさまざまな工場が垂れ流す廃液で野放しに汚染が進み、「川に落ちたら人間は溺《おぼ》れる前に溶け出してしまう」とクリーブランドあたりの住民が冗談半分に、でも半分本気でいうほどだった。そこで、一九六九年六月二十二日に、とうとう可燃物と化した川が、火事になった。

一説によれば、タバコを吹かしながら川っぷちを歩いていた男がポイと、吸い殻を川へ捨てたら、水面から火の手が上がったらしい。場所によって六十メートルもの火柱が立ち、鉄橋まで溶け出してしまった。

六九年の夏というと、「月面着陸」を思い浮かべる人が多いだろう。二歳のぼくも、父の膝の上に据えられ、買ったばかりのカラーテレビでその中継を、わけも分からずにボーッと見ていたという。そのとき、全世界の何億という人々は一斉に、宇宙に目を向けていたはずだ。でも本当は、地上の目立たぬ一隅で起きていた河川火災のほうがむしろ、二十一世紀の現在に脈々とつながっているという意味では、大きな出来事だったように思える。

モンテーニュはこう書いている――「ひとりの人間、たとえだれもが知っているようなことしか知らない凡庸な人間でも、川と直《じか》に触れる中で、まだだれも気づいていないその川の、ある一面を会得する場合がある」。それが、その「凡庸な人間」の存在理由ともなり得ると、暗にいっている感じだ。

ぼくが生まれたデトロイトの市内の川は、カヤホガと同じく「遊泳禁止」の札が土手に立てられ、直に触れることのできない状態だった。けれど、ミシガン州の北部には「清流」と呼べる川がいくつか残っていて、うちの両親はその一つ、オーサブル川のそばに釣り小屋を獲得。ぼくは数え切れないほどの週末と夏休みを、そこで過ごした。流されそうになりながら、オーサブルの中で泳ぎを覚えた。遭難しそうになりながらコンパスの使い方を覚えたのも、その流域の森の中でだった。

無類の釣り好きだった父にとって、オーサブル川の一番の魅力はいわずもがな、そこに棲息《せいそく》する虹鱒とブラウントラウトとブルックトラウトだった。昆虫少年だったぼくは水生昆虫に、強烈に好奇心をそそられた。そして二人のそんな趣味が、実にうまい具合に噛み合っていたのだ。

というのはトラウト、つまり鱒は、主にトビケラやカワゲラ、カゲロウなどの川虫を食べて生きている。季節ごとに、またその日その日の気温と水温によって、川で羽化したり産卵したり、活動する昆虫が異なる。だれよりも鱒はそれをよく知っていて、ただいま活動中の種類を狙《ねら》う。従って、渓流釣りの勘どころは鱒が狙っている昆虫に合わせ、そいつにそっくりの毛鉤を使うということだ。ぼくがぼくの趣味で捕まえてくる川虫で、父親は釣り糸の先に何を結べばいいかだいたい分かり、ときにはそれらを参考に、新しい毛鉤をこしらえることもあった。

もし父が、もっと長く生きたら、きっといっしょに釣りをする時間も多くて、最終的にぼくの興味も、やはりトラウトのほうに集中しただろう。けれど十二歳のときに、相手がいなくなり、ぼくは形見の道具でずっと釣りをしてきた。なんとはなしに、もともと自分は昆虫採集担当のはずで、こうやって毛鉤を振り回すのは本来なら父親の役なんだがな……そんな思いが、いまも残る。

来日して、それまでのぼくの「フード」という概念が、何度も衝撃的に引っ繰り返された。「えッ、それ食えるの⁉」といって、でも試食してみたら「うまいッ」と即座に好物になったものは、例えば海胆《うに》とか海鼠《なまこ》、ホヤ、蜂の子、イナゴ、繭子《まゆこ》……枚挙にいとまがない。また、アユの友釣り体験で、ぼくのフィッシング概念も大きく変わった。しかし、その両概念を同時に、根本からグラリと揺るがしたのが、「ざざ虫」だ。

「ざざ」とは川の流れる音、「ザーザー」を縮めたもので、要は川に棲むトビケラやカワゲラやカゲロウなどの幼虫のこと。長野県伊那《いな》地方では、冬になると「虫踏《むしふみ》許可証」を得た漁業組合員が四つ手網を持って川に入り、越冬中の「ざざ虫」をいっぱい捕る。そして佃煮《つくだに》にし、良質なタンパク質とカルシウムたっぷりの、酒の肴《さかな》として賞味。土産物の缶詰も販売され、ぼくは「えッ⁉」と思って買って、「うまいッ」と好きになった。

これこそ川そのものの味ではないか……虫踏みこそ自分に合った釣り法かもと、今度帰国するとき、四つ手網をスーツケースに忍ばせ、オーサブルざざ虫料理を作ってみようと決め込んでいる。釣り小屋の一番上の棚に、父が生きていたころからずっと置いてあるバーボンでもすすりながら、ダイオキシンのことも少し、どこか気にしながらも……。

夕方の川風急に冷えくれば
凭《もた》れて岩の余熱を借りる

いマダニ忘れられないウイークエンド

〈青森行〉夜行バスが八重洲《やえす》口を出発。三月上旬、金曜日。東京は春めいて、ぼくの花粉症がちょうど本格化したころだった。

これがもし南へ行く仕事だったら、さぞかし鼻が辛かったろうが、雪に覆われた杉がまだ眠っているという下北半島とは、嬉しい取材だ。西南端の村「脇野沢《わきのさわ》」で、北限のニホンザルとニホンカモシカを観察、ユースホステルに泊まり、日曜日には青森放送のラジオ番組で体験をしゃべるという日程だ。

バスは首都高の渋滞にしばし喘《あえ》ぐ。浅草が見えてきたかと思うと、二人の運転手のいま一方が、マイクを持って津軽訛りで消灯時間をつげる。四方のカーテンがさっと閉められ、乗客は缶ビールやジュースを飲み干したり、つまみを片付けたり。前の席のおじさんが、こちらの膝にのっかるほど背もたれを倒して毛布をかぶる。

ぐっと迫った背もたれには、豆電球がついていて、ぼくはその明かりで百科事典の「カモシカ」の項目のコピーを読み始める——鹿ではなくて山羊の親戚（ロッキー山脈にいるマウンテン・ゴートの日本版か）。雌雄ともに角を持ち、抜けて生え替わるのではなく、一生使っているという。この知識さえかじり終わらないうちに、前のおじさんも隣のおばあさんもグーグーいい出した。夜行バスの利用者は、寝つきがいいみたいだ。耳を澄ませば、十種類ばかりの鼾《いびき》が聞き分けられる。

早朝の青森駅前は風が吹き渡り、残雪がまだら、人はまばら。飛行機の早便できても脇野沢行の船の早便には間に合わない、というので選んだ夜行バス。

港の「日本汽船」のドックまで行ってみると、時化《しけ》ていて欠航だという。駅へ引き返し、結局、電車でぐるっと大湊《おおみなと》まで。今度はバスにゆられて脇野沢へ。もう昼過ぎだ。動物に会えず乗り物の取材で終わってしまうのではと心配になる。

だが心配は無用。ぼくを待ち受けてくれた現地ガイド氏は、下北きっての動物カメラマン・磯山隆幸さんだ。「はじめまして」が済むなり、彼は「サルの群れがいま、九艘泊《くそうどまり》あたりにいるから」とさっそく行動に移る。九艘泊とは西の集落で、「九つの舟が泊まれるくらい」の小港。道路脇の小屋に、寒鱈《かんだら》がいっぱい干してある。

車を降りて、トタン屋根の家の裏へ回ると、小ぢんまりした畑。その端で石の上に腰をかけて、おじさんがひとり山裾《やますそ》を見ている。磯山さんが挨拶《あいさつ》してぼくを紹介、それからサルを見かけたかどうかをたずねてみると、時間前に山へ追い返したばかりだという。畑を荒らそうにも、いまは去年の残った屑野菜しかない。しかし畑のものを食う癖がつくといけないので、追い払うのだ。

「わのいねぇどきばかり来て、モンギーだば、あだまいして、そうするんだびょん」と、頭を掻《か》きながらおじさんは笑う。カタカナ語がきっと、ぼくへのサービスだったのだろう。

磯山さんのあとについて畑を横切り、森の中へ。日差しが暖かく、雪は残雪程度。最初に見つかったのは、きれいに皮をかじり取られた梢《こずえ》。ヤマグワの樹皮が、サルの冬の好物だという。それから大きな倒木をまたいで、かじった一行に会った。

こっちが気づく前から、彼らはこっちに気づいていし、緊張した表情で様子を窺《うかが》っている。ぼくらはその場にしゃがみ、慣れてくれるのを待った。十四、五頭はいる。

「あれがツツジ」と磯山さんは、貫禄充分の一頭を指さす。三十メートルほど離れたところで、地べたに座ってぼくらを睨《にら》んでいる。サル社会は母系制で、この群れではツツジが母家長。その風格を、あえてたとえるとしたら、亡くなった杉村春子というところか。
五、六分経って、ある一頭が雪の合間の木の実拾いに集中し出し、三頭のグループは互いに毛づくろいを始めた。二頭の子どもが無邪気に格闘し、日向《ひなた》でウトウトするのも。
ぼくはいままで、もっと自分に体毛があったらなあと思ったことがなかったが、サルたちの気持ちよさそうな毛づくろいを眺めていると、もしワイフと自分があめフサフサだったら、と思えてきた。テレビなんか見ないで毎晩、互いの毛づくろいだ……そこへ「ぼちぼちカモシカを探しにいくか」と磯山さんの声。

「牛《うし》ノ首《くび》岬」の近くに駐車。この一帯がクロという雌のなわばりらしい。笹《ささ》を踏み分けて進む。下北の杉も花粉を振る舞い出したのか、いきなりぼくは大くしゃみ。するとの右手の斜面から、慌てたような足音。クロともう一頭、ゲンジという雄がいた。この二頭はカップルだそうだ。どうやって雌雄を見分けるのだろう。

「個体をいろんな場面で見てるから分かるけど、そうでなきゃ分からない。真後ろから望遠レンズでのぞいても、難しい」のだそうだ。ゲンジが木の幹で角をとぎ、クロは腰かけて反芻。「生きた化石」といわれる動物だが、そのユニセックスデザインがどこかモダンだ。

木々の間から差す夕日に、カモシカカップルの毛皮が照り映える。その胡麻塩のグレーは、よく見れば微かに赤みを帯びている。だがやはりクロのほうが黒っぽい。彼女がやおら立つと、ゲンジは後ろへ回り、匂いを嗅ぐ。

交尾期は秋だが、ちょっとした愛情表現が一年を通じて行われるとか。せっかくいい雰囲気なのに、ぼくらが邪魔している気がして、取材を切り上げることにした。

カメラマンの磯山さんは、奥さんのりょう子さんとともに、ユースホステルの経営者でもある。ロッジ風のその食堂の壁には、彼の動物写真がかけられ、まるで展覧会場のよう。ムッチリしたクロの肖像もあった。思えば今日の彼女は、子どもをはらんでいたのかもしれない……。

夕飯を食べながら、りょう子さんに少し下北弁の手ほどきをしてもらった。ぼくが濁点のつけどころを間違えると、食堂いっぱいに響くりょう子さんの笑い声。ラジオのため録音したくなるくらい朗々としている。

夜は冷え込んで、セーターを着たまま毛布を三枚かけ、ウールの帽子もかぶって眠った。朝、そのままジーパンをはいて急いで身支度。いざラジオ局だ。今日は運よく船が出る。ところが道中、なんだか胸のあたりが気になった。痛みというほどでもないのだが。

打ち合わせのときも、スタジオでしゃべっているときも、胸が疼《うず》いたりしてセーターの上からちょっと押してみたり……。夕方、やっと番組と緊張が終わってみなで飲みに行ったときにも、疼きが止まない。東京行最終便の機内でもだ。

アパートに戻り、ワイフにお土産のサルかじりの梢を見せ、さてシャワーを浴びようとセーターとシャツを脱いだ途端、ギャッ！　ぼくの胸にエイリアンが吸いついていた！

ダニ。畳に住んでいるかわいらしい種類じゃなくて、マダニという、吸血で生活するやつだ。皮下に口を刺し込み、ぼくの血で体がパンパンに膨らみ、トウモロコシの粒ほどになっている。触ると、八本脚をバタバタ動かす。

引っぱっても抜けない。ピンセットで挟んでみても、もっと深く潜ろうとするだけ。しかたない、思い切ってひねって引っこ抜き、火あぶりの刑。だがやつの口は皮下に残った。

子どものころ、ぼくは父親と、大きくなってからは友人たちといっしょに、渓流釣りをしたりバックパックを背負ってハイキングに行ったり、ミシガン、テネシー、コロラド、あちこちの山中を歩いた。アメリカには「ロッキーマウンテン紅斑熱《こうはんねつ》」という恐ろしい病気があり、マダニが媒介するので山歩きの後、洋服や髪の毛にやつらがくっついていないか、必ず点検した。まずは自分で自分を、ズボンの折り返しの中まで調べ、それから仲間と互いに、特に体のB皿を見たり見てもらったり。それなのに長い東京暮らしで、ぼくは都会ボケをしてしまったらしい。ひょっとしたら「ロッキーマウンテン紅斑熱」の日本版もあるのではと、怖くなって次の日、磯山さんに電話してみることにした。

「やあ、そうか、あの笹の茂みにひそんでいたんだな。カモシカマダニといってね、最初のひと嚙みで気づかないと、なかなか抜けないんだ。向こうが満腹するまで待たない限りね。傷口を消毒しておけば病気の心配はまずないと思うけど、あの口の部分は一生残るらしい。妻の父親も、首にその勲章があるんだ」

いまもぼくの鎖骨から四、五センチ下の、やや左寄りに、黒っぽい一点がある。押すとゴリゴリする。たまに触って、脇野沢を胸に浮かべ、毛づくろいの大切さをぼくは思う。そしてカモシカたちを思い出し、ちょっぴり仲間入りができた気がするのだ。

夏の虫

夜の森の暗闇から、クマンバチよりも低くて大きな羽音をたてながら、釣り小屋のポーチの明かりめがけて「ジューン・ビートル」が飛来。明かりのカバーにドン！　とぶつかってブッ……ブッと跳ね返り、再び頭から突っ込んでいく。その衝撃で目が眩《くら》むのか、ときどきポーチの床板にボトッと墜落、翅《はね》を畳んで茫然《ぼうぜん》と這い回る。それでも、カウントアウトになる前に起き上がるボクサーさながら、性懲《しょうこ》りもなくまた明かりに立ち向かう。

June beetleとは、北米に広く棲息する赤銅色のカナブン。幼いぼくが、言葉というものに不審を抱き始めたのは、この虫がきっかけだった。直訳すればつまり「六月甲虫」となるが、ポーチ付き釣り小屋のあるミシガン州北部では、むしろ七月と八月に多く現れる。しかも、そのひたむきな態度とド迫力を表すには「ジューン・ビートル」が、ぼくにはなんとも物足りなく思えたのだ。もしも英語でもKANABUNBUNだったら、納得していたのか……。

ま、それはともかくとして、人間のつける呼び名なんぞ吹っ飛ばすかのように「六月甲虫」はやってくる。釣り小屋の中にいても騒がしいので、両親が明かりを消したりドアを閉めたりすることもあった。けれど、ぼくが十歳くらいのころからだったか、家族全員でこの〈明かり夜討ち〉を楽しむようになっていた。

だれが言い出したのか——みなそれぞれ一匹捕まえて室内へ運び、テーブルの上に置いてひっくり返す。それからバタバタする後ろ足のうちの一本に、糸巻きの糸の先端を結び付ける。ジューン・ビートルは、軽く宙に投げると十中八九、翅を広げて飛行を開始。糸の重みなどなんのそのだ。釣り小屋は合掌造りで天井が高く、凧を要しない凧揚げの甲虫版にピッタリ。ただ、相手はよく梁《はり》や棚や窓敷居の上に止まろうとした。

父のビートルがさっそく離陸、三度ほど旋回した後、壁にかけてあるカンジキにしがみつく。母のは急上昇、そして急降下して、早くもソファの後ろへ。ぼくのやつはゆっくり昇って、天井すれすれの高度をうまく保ち……しかしいきなり妹のと糸が絡まって、二匹ともスピン状態に陥る。

こうした凧合戦ならぬ〈ビートル合戦〉が勃発《ぼっぱつ》することも少なからずあって、大いに盛り上がる。けれどどちらかといえば、競争よりも、自分の虫の性格をいかに見抜いて、長く上手に飛ばすかというのが、この遊びの妙味だった。

いくらタフな虫でも、やがてくたびれてしまう。糸をなるたけ短く切って外へ運び、もう一度宙に投げる。ポーチの明かりを顧みずにブーンと森の闇へ。

ミシガン北部の真夏の夜は涼しい。消灯後、寝袋の中でぼくは、自分のやつがいまどこにいるか、想像をめぐらす。「きっと川向こうの、あのツユクサが咲くあたりで休んでる」——もちろん知るよしもないが、相手の足に残った僅《わず》かな糸を思えば、まるでそれが追跡装置でもあるかのように、まだこっちとつながっている気が……。ジューン・ビートルを、ぼくはいつも夢の中へも追いかけていったものだ。

真夏がくると、虫に導かれていたむかしの自分と、涼しい夜が恋しくなる。

かっとばせクイナ

メジャーとマイナーの両リーグを合わせると、米国プロ野球のチームはたいそうな数になる。おおかたは強そうな、かっこいい名前がつけられている。例えばぼくの出身地、ミシガン州デトロイト市の球団は「タイガース」。猛獣系ネーミングの代表格か。

逆に虎の威など借りずに、人間のたけだけしさを強調するマスラオ系ネーミングが、大リーグでは一番ポピュラーだ。インディアンの勇敢な「戦士たち」を意味する「ブレーブス」とか、そこまで限定しないでただ凛々《りり》しい「先住民たち」の「インディアンス」とか、海の男たる「船乗り」の「マリナーズ」、「海賊」の「パイレーツ」、また、「アメリカ東部のちょっと蛮カラなやつ」を漠然と指す「ヤンキース」も同類だ。

できて十数年というコロラドの「ロッキーズ」のように、地元の大自然の威を拝借する球団もある。カリフォルニア州アナハイム市には、一見かわいい感じの「エンジェルス」軍団が存在するが、これはもともとロスのチームで、スペイン語の地名Los Angelesを英語に置き換えたまでのこと。従って地名同様、かわいさがほとんどなく、いわば「土地ぼめネーミング」の域だ。

ちなみに、ボストンの「レッドソックス」とシカゴの「ホワイトソックス」は、ユニフォームの特色がそのまま名前になっている。よりによってソックスなので、スゴミは感じられないが、でもそれなりの格式というか、ユニフォーム自体が歩んできた一世紀分の歴史が添えられて、たかが靴下、されどある種のかっこよさも醸し出される。

ところが見事に、これっぽっちのかっこよさもない名を冠した珍しい球団が、オハイオ州にある――トレド市の「マッドヘンズ」。マイナーリーグのチームなので選手を育てては、かの「タイガース」に送り込む、かなりローカルな存在だ。それなりに全米に知れ渡っているが、理由はなんといってもネーミングのダサさだろう。

Mudhensの前半のmudというのは「泥」のことで、後半のhensイコール「雌鳥」の複数形。逐語訳をすれば「泥メンドリたち」、ただしmudhenというれっきとした英単語があり、辞書を引けば「沼、沢、湿地に棲息する鳥の総称」。実際、地域によって「マッドヘン」と呼ばれる鳥が異なり、「鷭《ばん》」だったり「水鶏《くいな》」の仲間だったりする。トレドあたりでは、どうやら後者のクイナみたいだ。

無論、鳥の名を頂戴《ちょうだい》した球団はメジャー、マイナーを問わず沢山ある。セントルイスの名門チームは、百年以上前から「カージナルス」、つまり「猩々紅冠《しょうじょうこうかん》鳥《ちょう》」を名乗っている。ボルチモアの「オリオールズ」も、「アメリカ椋《むく》鳥《どり》モドキ」軍団だ。また、カナダ側ではトロント市の「ブルージェイズ」が「青懸巣《あおかけす》」。とはいえ、以上の鳥類はただの鳥にあらず、どれもそのチームの本拠地の州の「州鳥」もつとめている。要するに「ご当地バード」、地域限定のパトリオティズムをくすぐるシンボルなのだ。

日本語に訳すと「モドキ」なんぞついて滑稽《こっけい》な感じになるが、英語のネームとしては、みなそこそこシマリがある。それに名の主の鳥たち自体も、機敏でアクロバティックに飛び、小型でありながらもたくましい。そして、イメージ的にはなにより肝心なのが体色だ。まず「カージナル」は全身がアッと驚くような鮮やかな赤。「オリオール」の体は上面が黒で、下面のオレンジ色が美しく映える。いわずもがなの「ブルージェイ」——その飛ぶ姿はまるで青の狂想曲。もちろん、いずれも雄のほうに限った話なのだが。それぞれの球団は、ネーミングのみならずユニフォームのカラーとデザインも、バードからのパクリで、様になっている。

ではトレドのクイナこと「マッドヘンズ」はどうか。オハイオ州の州鳥でもなければ、英語名の響きも、やはり泥くさい。クイナは体長が三十センチ前後と、小型でも大型でもないが、体のわりには翼がずいぶんと小さく、短い距離しか飛べず、機敏なイメージとはほど遠い。おまけに体色が、極めて地味なブラウン系。よく見れば、細かい斑《まだら》模様はあるものの、それをユニフォームに取り入れたところで、一般受けはしない。

おったまげたり呆《あき》れ返ったりしたとき、またはふざけて大袈裟《おおげさ》に驚いてみせるときに、英語ではHoly○○！といったりする。もとの文句はHoly Christ!――「神聖なるキリスト様！」「天にましますイエスよ！」、要は「ああ神様！」オーマイゴッドの一種だ。でも、そんなふうにキリストの名をみだりに使ってはいけないといった意識と、いつも同じキリストじゃ芸がなくつまらないという思いとが重なり、さまざまなバリエーションが作り出された。

現在の日常英語で「なんてこったいッ！」とか「ありゃー！」として、よく顔出しするものだけ挙げても、Holy mackerel! Holy cow! Holy smoke! Holy shit! と、「鯖《さば》」「牛」「煙」「糞」が登用。この類いの表現の一つのパターンは、ふだんHolyとは無縁な、正統派の「聖なる」からおよそかけ離れた単語を用いて、ガクッとくるそのズレによって滑稽な驚きを演出。「聖なるイチャイチャ!」のHoly fuck! も聞く。そしてぼくの知る限り、地名でこのHolyイディオムに使用されているのは、全米でたった一か所、Holy Toledo! トレド市だ。

百キロしか離れていないデトロイトが、自動車産業の中心地で「モーター・シティー」という又の名を持っている。それに対してトレドは「ガラス・シティー」と呼ばれる。一八八〇年代にガラス工場が作られて以来、それが市の主な産業だ。でも「ガラスのあご」みたいなデリケートな響きなので、タフな「モーター」にとても太刀打ちできない。

デトロイトに生まれ、その郊外で育ち、ときどき「タイガー・スタジアム」へも出かけて猛虎を応援してきたぼくだったが、十六歳になる少し手前、わが家がトレドに引っ越すことになった。「なんてこったいッ!」の街へ都落ちかと、ひどく嘆いたけれど、実際住んでみればクイナの本拠地は悪くない。試合のチケットは安価だし、マイナーなので選手とファンの間にさほど距離がなく、等身大の野球が楽しめる。

　なぜ「マッドヘンズ」かといえば、トレドはモーミー川がエリー湖に注ぐ河口に建った街だ。もとは広大な湿地帯、つまりクイナの王国だった。それを取り上げては埋め立て、やがてスタジアムまで作ってしまったのだから、せめてチーム名で感謝をささげたい、といったところか。トレドにいれば、虎が棲息してもいない大陸で「タイガース」を名乗るなんてただのハッタリじゃないか、と思えてくる。そして猛虎が負けて、マイナーのクイナ軍団が勝っていると、それ見ろの笑みが浮かんだりする。両チーム共同出資なので、虎の全滅は望まないが。

広告蠅と宣伝牛

父の高校時代の親友ビル・ボックスクラスは、大手自動車メーカーに就職して、見習いから這い上がり、やがて「カーデザイナー」になった。一般人が数年後の「新型誕生」で初めて目にするボディーラインを、彼は今もコツコツと描き続けている。

一九七〇年代半ばのこと。第一次オイルショックのあおりを受ける形で、ビルが所属していたデザイン班は、しゃれたオフィスビルから、郊外の工場敷地内にあった安普請二階建てへ移転させられた。冬の間中、隙間風に悩まされて、早く暖かくならないかなと思っていたら、春先に今度は蠅《はえ》が発生。それも仕事に支障をきたすほどの数がわんさと。スタッフは全員で、劣勢をはね返そうと蠅叩きを振りかざして戦いに挑んだが、叩けど叩けど増援部隊がどこからか飛んでくるので、共存する以外にないとそのうちみな諦《あきら》めの境地に。蠅取り紙を天井から下げて、目に余るやつだけを追ったり叩いたり。

　当時は、図面を完成させるとき、最後に汚れを取るのに「ベスティーン」とかいう揮発性のスプレーを使っていたそうだ。ある日、ビルが仕上げ作業をやっている最中に、蝿が図面の端に止まったので、シューッと浴びせてやった。すると相手はコロッとひっくりかえった。また仕事に集中して、少し経ってから気がつけば、死んだはずの蝿がやおら動き出し、弱々しくグルグル回りながら飛び立った。

　スプレーを一発食らわすと、蝿は気絶するが死にはしない——この新発見が公表されると、みなが面白がって蝿たちのノックアウトタイムを計ってみたり、その個体差について仮説を立てたり、デザインそっちのけで一日、実験に興じたらしい。

　ビルがまじめに仕事に打ち込んでいた翌朝のこと。机の前を、特別大きな羽音を立てて一匹がよぎり、彼は目を疑った。垂れ幕を横にした恰好の細長い旗を、蝿は小型飛行機さながらに引いていた。そこには'TRY BILL'S BURGERS!'（ビルのハンバーガーおためしあれ！）と、ファーストフードの宣伝文句のもじりが書かれてあった。予告もなく、蝿のおすすめのバーガーチェーンのネーミングに使われたビルは、目を丸くして口を開け、周りから大爆笑。

　前日、ビルが帰ったあとも、居残り組はやはり仕事そっちのけで実験をさらに重ね、極薄のトレーシングペーパーと極細の糸と、後ろ足に瞬間接着剤一滴の重量なら、蝿は離陸して空中へ運べることが判明した。たとえKOから目覚めたばかりの蝿であっても。さっそくこの新しい広告媒体にふさわしいキャッチコピーを捻《ひね》り出して、「フライ・バナー」と名づけた幕を、夜更けまで製作。BILL'S BURGERS! のお通りの直後に、部屋の反対側から今度はVOTE FOR NIXON（ニクソンにあなたの一票を）、続いてKENTUCKY FLIED CHICKEN（あえて訳せば「ケンタッキー・ハエイド・チキン」か）。

その後、パロディー広告のみならず、伝書鳩ならぬ「伝書蝿」を利用して、「今晩一杯やる？」といった類いのメッセージもやりとり、大いに盛り上がった。会社の上層部がそれを聞きつけての決定か、夏半ばには、またもや引っ越し。新しいオフィスには蝿がほとんど出ず、隙間風とも無縁になった。

高校生のころ、ビル本人から鮮やかなジェスチャーまじりに語ってもらったこの話。そのとき、なるほどコマーシャリズムのさきがけ、広告の先進国アメリカならではの発想だなと、ぼくは納得した。が、それから数十年経って、インドへ旅行に出かけ、そのタイミングがインドの総選挙とぴったり重なった。接戦が繰り広げられた北部のラクナウで、たまたま目にした光景が、ぼくの見方を変えた。宣伝技術では米国になんか負けちゃいない——。

リキシャーに乗るかどうか考えながら、街角で地図と睨めっこしていると、往来の車の合間を縫って、堂々としたコブ牛が現れた。全身白色で、しかし肩から尻にかけて右も左も、体の両面にエビ茶色の絵の具でヒンディー語の文字が書いてある。コブの盛り上がりを上手に使って、図案化された蓮の花もふっくらと咲いている。

さっきから「グッドプライス、グッドプライス」と粘り強くぼくに声をかけているリキシャーの運転手に、牛を指さしてたずねてみた。「ポリティカル・プロパガンダ」、政治の宣伝と分かった。花がどうやら政党のシンボルで、あとはスローガンと、候補者名もバランスよくレイアウト。

インド各地の街で見かける放し飼いの牛は、一見はただウロウロしているみたいだが、実は餌にありつけるところ（ゴミ捨て場も含めて）を巡回して、かなりの距離を毎日歩いて、行動範囲が広い。宣伝カーと宣伝牛と比較すると、後者は交通網に余分な負担をかけることなく（どっちみち回っているので）、ガソリンを一滴も使わず（排気ガスの代わりに肥料を出す）、よく目立って簡単に塗り替えができて、おまけに神聖と、メリットは枚挙にいとまがない。

インドからヒントを得たのか、イギリスでも牛を広告媒体にする風習、というか商売がある。スポンサーの会社名や品物のパッケージデザインなど、ともかくポスターと同様の絵柄を牛用のゼッケンに印刷して、群れのみなに着せておく。そして、道路からよく見える場所で牛たちを放牧、通過する人に見てもらう。いってみればサンドイッチマンの牛版で、リタイアして本当にローストビーフサンドになったりもする。

ところが夏は、ゼッケンを着せようものなら、熱射病でバタバタ倒れるので、休業するしかない。狂牛病によるイメージダウンも響いたらしい。それに、イギリスの牛たちはあまり移動しないので、宣伝対象はそこを車で通る者に限定。都市部をターゲットにしたキャンペーンには、まったく向かないのだ。

ロンドン市民、あるいはパリっ子、ニューヨーカーに対しても、生身の動物を使って何か売り込もうと思ったら、鳩かペットの犬くらいしかないだろう。でも、考えてみればロゴマークとキャッチコピーだらけの洋服で決めている人間自身が、立派にその役を果たしているのだ。自分から進んで、銭まで出してTシャツだのジャケットだの買ってしまうので、牛よりも扱いやすい経済動物といえる。

東京なら、人間以外に考えられるのは、烏《からす》といったところか。明るい色のゼッケンは似合うだろうが、着せるのは至難の業だろう。なにしろ都庁は、捕まえるだけで烏の一羽につき約一万円の税金を費やしているらしいから。

国会の中継消せば庭の木に
　騒ぐ烏も言ひ合ひと聞こゆ

隣の器

カリフォルニアにいる妹は、根っからの科学者だ。水の浄化が専門なので、産業廃棄物を相手に奮闘していることが多いが、休日になると動物実験みたいなことを行ったりもする——フレッドというデッカイ、真っ黒い飼い犬を使って。つい先だっても、eメールでその報告が送られてきた。

妹は一軒の田舎家を、知り合いと長屋ふうに借りているが、その知り合いもザブーという名の大型犬を飼っている。二匹はたいそう仲がよく、外で何時間でも遊ぶらしい。そしてなぜか二匹とも、自分のより相手の餌のほうを好むのだそうだ。いわゆるドッグフードというものだが、フレーバーや銘柄を変えても、人間のごちそうをちりばめても、犬どもはお隣の出したフードを食おうとする。

さすがにサイエンティストの妹、犬心の内を明かそうとエクスペリメントを考えた。やつらが原っぱへ出かけているとき、こっちの餌をお隣の犬のボウルに、お隣の餌をこっちのボウルに盛っておいた。体中にイヌカツギをつけて、二匹が戻ってくる。おまんまだ！　とばかりに、どっちも相手のボウルに飛びつき、目を光らせながらガツガツ。餌の問題ではなく、器だったのだ。

妹のこの〈報告〉を読んで、なるほどそうか、俳句に関してはぼくも同じかも、と思った。アメリカで生まれ育ち、二十二歳で来日、日本語をガツガツ食うように学び出したが、もし「言葉イコール器、事物は盛られる餌」というふうにたとえるならば、こっちにとっての日本語は一種の「隣のボウル」みたいなもの。そんな日本語で俳句をひねる。けれど母語での作句は、どうも気が進まない。欧米にだって数え切れないほどのHAIKU雑誌やホームページや賞があり、今や世界の十七シラブルだというのに。

いや、実は、生まれて初めて作った句は、英語によるものだった。ジャパンなどについて知識も興味もなかった中学一年生のとき。ENGLISH（国語）の授業でポエトリーをやって、その中でHAIKUも登場、作句の宿題まで出た――「天候のことか植物、あるいは動物を取り上げてファイブ・セブン・ファイブで」と。

今でも覚えている。身近な自然を詠《よ》めばいいのに、ぼくはそんな素直なティーンエージャーではなかった。わざわざズーの片隅で風変わりなカズワル、つまり「火《ひ》食鳥《くいどり》」を見つけて、その頭のてっぺんの重そうな突起が、日差しを浴びているといった句を、脚韻《ライム》まで凝って作ったのだ。また、それが意外に、いい点を取ったことも覚えている。しかし、肝心なその5・7・5がまったく浮かんでこないということは、ま、たいした句じゃなかった証拠だろう。思えばあれ以来、ぼくは英語でほとんど作句していない。日本語ではこの数年の間に、百句以上はひねっているはずだが。

さて、本職の自由詩は？ というと、詩作ではそんな「隣のボウル現象」がまるでなく、英語と日本語の作品がほぼ均等に増えていっている。俳句という〈器〉だけ、どうして違うのか？

一つには、歳時記の存在がある。もちろん、英語版SAIJIKIも出ているが、訳がイマイチだったり例句がイマイチだったり少なかったりで、そばに置いておきたいような一冊には、まだ巡り会っていない。それに引き換え、『日本大歳時記』だの『俳句鑑賞歳時記』だの『現代俳句歳時記』『吟行・句会必携』などなど、わが家にある十冊ばかりはどれもこれも、読み出すと吸い込まれて〈本職〉に支障をきたすほどの優れ物。

というか、俳句の日本語そのものが優れ物だ。季語の一つ一つに詰まっている情報量は、半導体でもかなわない甚《はなは》だしさ。例えば「桜狩り」を、英語でいちいち「チェリーブロッサム……」から説明していたら、日も句も暮れてしまう。

桜狩り恩師が二度もニトロ飲む

またスーッと、隠し味みたいに季節感を添えてくれるときもある。ミカンといっただけで。

下積みの小さき蜜柑《みかん》のへこみかな

これからずっと何年もやっていると、ローテクでまだまだラフな英語HAIKUが、逆に魅力的なボウルに見えてくるのだろうか。当分は、でも、こっちの器に安住していたい気がする。

冷凍マグロと生きロブスター

熱帯夜といえど、午前三時台の東京の空気は、日中のそれとは違う。いささかの涼風が吹き、なんだか酸素の割合も多くなっている気がする。昼間、二十一段変速の自転車で都内を移動していると、人間や車やエアコンなどがさんざん使い回したものを、こっちがさらにリサイクルして吸っている感じだ。未明は、一番搾りとまではいかないにしても比較的、美味しい。わが家から南東の空に聳《そび》える「豊島清掃工場」の大煙突は、三百六十五日二十四時間営業ではあるが。

とりあえずその煙突を目指してペダルを漕《こ》ぎ出す。炉の横っ腹を通り過ぎて、線路を渡り、東池袋から春日通り一本で後楽園まで飛ばす。寝静まったジェットコースターのレールを見上げながら、リュックから水を出して飲む。神田から大手町、京橋、いよいよ銀座で晴海《はるみ》通りに左折、勝鬨橋《かちどきばし》へ。渡らないで川っぷちの柵に自転車をつなぎ、読み易くしてある「勝どき門」（都政の大きなお世話か）から築地市場に入る。東の空がまだ暗い四時五分前。

こんな早起きは久しぶりだ。だが、二十歳のころにマンハッタンで、毎朝三時十五分に起き、三時半過ぎに古いトラックのエンジンをたたき起こし、四時には魚市場「フルトン・フィッシュ・マーケット」に着くということを一時はしていた。そこでピートというベテランのバイヤーと合流、その日の注文に合わせて買い入れるのだった。

ぼくらを雇っていた会社は「シェル・ロブスター」といい、その名のとおり大西洋でとれた伊勢海老《いせえび》を中心に、ニューヨークのあちこちの料理店にシーフードを卸していた。ロブスターのほうはメイン州から巨大な保冷トレーラーで直送されてくるので、魚肉専門の業者に比べてこっちの買う量が少なく、途中で屋台のコーヒーをすすったり、相手が根負けするまで粘ったりしても、だいたい六時までに社に戻れた。それから、ぼくを含めて六人のドライバーに注文の伝票の山をどう振り分けるか、「配車」が始まる。料理長のうるさいレストランに、自分が行かないで済むように、ピートとルートの調整をはかったり……。

築地へくると、そんな十数年前の自分が、どこかにそのまま汗と鱗《うろこ》にまみれて人生を送っているかのような、妙な錯覚を起こす。飛び交う言葉が日本語であっても、フルトン・フィッシュ・マーケットと空気は変わらない。仲卸の売り場へ入ってみると、声はまだ飛び交わず、電気が点いている店も半分以下。早い業者だけが、黙々と開店の準備に取り掛かっている。一回りして、「大物」の競り場へと向かう。

「オーライ！　オーライ！」の声が聞こえ、そこへ、アメリカのロブスター・トレーラーに匹敵する巨大冷凍車がバックして、競り場に横付けにとまる。その真後ろまで大きなタイヤを、頭にタオルを巻いた男が転がして行き、意味ありげに寝かしておく。間もなく後部のドアが開け放たれ、荷下ろし開始——運転手が長い鉄のフックを持って後部へ上がり込み、そのいかにも寒そうな中から百キロ前後の冷凍マグロを引いて、タイヤの上に派手に落とす。石のように堅いマグロが跳ね返り、コンクリートの上をバウンド、止まったかと思うと次が下ろされて飛んでくる。

そのうちだんだんと冷凍車の中で、マグロが引きずられる「助走距離」が長くなり、目をつむって聴いていると、まるでボーリング場の音響だ。ゴロゴロと引くところがボールがレーンを転がる音に似て、タイヤにぶつかるときはヘッドピンを当てるサウンドエフェクトに酷似、そしてコンクリートの上で乱れバウンドしている音はピンの倒れるそれとそっくり。いかにもストライクみたいなのがあれば、スプリットに聞こえるのもあり、しかしガーターはなし。目を開けてみれば、倒されたピンさながらに、霜をふいた真っ白いマグロがざっと三十本。タオル巻きのおじさんにたずねて、インド洋でとれたものと分かった。船でここまで、一万キロぐらいか……。

メイン州の近海でとれたロブスターたちは、八百キロ余りの陸路を経てマンハッタンへやってくるのだった。檻《おり》のような木箱に、生きたまま約五十キロ分が詰め込まれ、それが五十箱から多いときはおよそ七十五箱、どんと一遍に届く。それらをトレーラーから落とさぬように下ろし、「タンク・ルーム」へ引きずり込む。

そこは四十平方メートルほどの広さで、部屋全体が冷蔵庫だ。そしてロブスターを生かすべく、海水でいっぱいの大きなポリタンクが十八個も、棚田みたいに三段重ねに取り付けてある。左側の一番手前で一番下のタンクに入っているのは、みな体重一ポンド前後のロブスター。その上のタンクに一ポンド半、一番上には二ポンドのやつがいてと、ウエート別にしてある。

ところが木箱の中はゴチャ混ぜ状態。一トン分の仕分け作業が、十日に一度の大仕事だった。両側のタンクの前にまず台をおき、その上にスケールを据え、その左隣には生きロブスターの箱を。そして左手で一匹目の胴体を摑《つか》んでスケールに載せ、その体重に合ったタンクの中へ、今度は右手で軽く投げて、それと同時に左手でもう一匹の胴体を掴んでスケールに。ロブスターのハサミには一応、太めの輪ゴムがかけてあるが、外れることも少なくない。手袋していても挟まれれば痛いのなんの。なので素早くむんずと、どんどんやっていく。けれど数百匹に一匹の割合で、どうにも待ち切れず箱の中で、脱皮してしまうのがいる。見た目は仲間と同じだが、いざ掴んでみると豆腐のように柔らかい。おっかない一丁ハサミを身につけたシブトイ相手が、こんなにデリケートで、無防備になるとは。握り殺した後ろめたさが数日、指のあたりの感覚として、なんとはなしに残るのだった。いや、長いときは、次の仕分け作業ぐらいまで。

今の自分から見れば、二十歳のあの自分こそ、まだ殻が柔らかかった。脱皮したてとまでは、いかないにしても。

出鱈目英語の勧め

縄飛びの新しき縄やや堅し

冬の句会の兼題として「縄飛び」が出たので、部屋の中を行ったり来たりしながらナンカナイカナァ……あッ、そういえば新品の縄飛びの縄が、どっかにあったはず。小一時間モソモソ探してついに押し入れの奥から出土、そして先の拙句が誕生。

正直いうと、ぼくは縄飛びがむかしからあまり得意ではない。縄飛び唄をうたりているると、唄に夢中になって、足のほうが留守になる。そうかといって、唄をうたわないでやっているとリズムがうまく取れず、どっちみち足に縄を引っかけてしまう。ついでにここでもう一つ告白すれば、句に登場した「新しき縄」も実は縄飛びのために買ったわけではないのだ。

形が変わっていて、グリップというかその両端の握りの部分が、むかしのサイダーの瓶を面白く象《かたど》っている。もちろんガラスではなくて木製で、ラベルから王冠までレトロな感じで塗ってある。片方がエメラルドグリーンでFountain Sodaと書かれてあり、もう片方は赤と黄色のCitrus Pop REFLESHだ。どうしてもこの後者が欲しくて、購入した。

何をかくそう、ぼくは笑える和製英語の事例を地道にコレクションしている。在日十年で、そのファイルはもうはち切れんばかり。のみならず、ファイルにおさまらないTシャツやキーホルダーなどが、引き出しと押し入れの中でゴロゴロ。

すでにお気づきの読者もいるかもしれないが、例の縄飛びの縄のチャームポイントはREFLESHだ。もし「スカッと爽やか」のリフレッシュがいいたかったらREFRESH、要するに「再び」(re)「新鮮な」(fresh)といった気分にしないといけない。でもLを使ったFLESHは「肉」だ。とりわけ「肉体」、転じて「性欲」の意味で使われることが多い。ゲスな単語で恐縮だが、例えばfleshpotというと「売春宿」、flesh flickイコール「ポルノ映画」。

そんなfleshの頭にreがつけば「再び肉欲」、あるいは「やりまくり……なおす」(?)とか。ともかく「縄飛び」という季語が持っている爽やかなメルヘン感とは、およそ懸け離れたイメージだ。一文字間違えただけでこんなふうに化けるなんて、やはり言葉は、一筋縄では行かないシロモノなのである。

ニッポンのどこを見ても、ユニークな和製英語の事例が佃煮にするほどあるので、ぼくみたいに趣味で蒐集している在日外国人は少なくない。それを商売にしているコレクターすらいる。洋書店の「ユーモア」の棚にGems of Japanized English（「和製英語の絶品珍品」）などといった本が並ぶほどだ。

でもこれは、なにもジャパンに限った現象ではない。先日、CHINA TRAVEL KITという英米人のための中国ガイドブックを立ち読みしていたらChinglishつまり中華英語についての記事があって、何度も吹き出した。例えば、中国のミュージアムに行くと、よくDo not stroke the worksと書かれた札が貼ってあるという。そのまま訳せば「一物を愛撫《あいぶ》するな」と、赤面するような戒めだ。チャイニーズの学芸員は「作品に手を触れないで下さい」のつもりで書いているのだろうが。

中華英語は、中国だけでなく、米国にいても充分楽しめる。場末のチャイニーズ・レストランのメニューが、その宝庫だったりする。また、箸《はし》の袋にはHOW TO USE YOUR CHOPSTICKSと題した、メチャクチャな「箸の使い方」説明が載っている。スペルの間違いで「チョコスティック」に化けたり、どこかに「差し込んで下さい」とあったり、わけの分からない英語のオンパレードの最後に、誇らしげに「今のあなたはなんでもつまんで持ち上げられることでしょう」と。もしひとりでも、中華英語箸袋の手ほどきで箸が使えるようになったアメリカ人がいたら、会ってみたい。

米国の中華料理店で食事をすると、最後にfortune cookieという、薄く巻いたクッキーの中にオミクジが入っているものが、一人一個ずつおまけとして出されてくる。そこでポリポリ食べながら、みな順々に自分の「占い」を読み上げるのがチャイニーズレストランのならわしだ。むかしはこれらの占いも、けったいな中華英語で書かれていて、腹ごなしの笑いを提供してくれたのだった。

が、最近のオミクジ・クッキーは文法的にも正確な、きちんとしたイングリッシュになっている。調べてみると、どうやらサンフランシスコに住むアメリカ人の税理士、ラッセル・ローランドという人がアルバイトで、正しい英語のオミクジをどんどん書いているらしい。よけいなことをしやがって……とこっちは思うけれど、でも、税理士に運命を決められるって、なんだか因果応報というか、皮肉にも頷《うなず》かされる。

ただ、ジャパニーズ・イングリッシュのほうには手を出すなよ、ローランドさん。

飼い犬の悲しみ

おととし、ひとり暮らしの祖父が長年飼っていた犬が病死した。人に自分の心情をまるで明かさない、典型的な頑固じいさんの祖父だが、犬の死後、半年ばかりは、母のところに電話がたびたびかかってきた。去年の夏ごろようやく元の頑固ぶりを取り戻し、また犬を飼うことに。

本人はもちろん口にしないけれど、実は祖父が体験した心理的現象には〈学名〉がついている――「ペット・ロス」。アメリカでは学者がこれにまつわる論文を書いたり「ペット・カウンセラー」が開業したり、研究が進んでいる。日本でも、『ペットの死、その時あなたは』という本が出たらしい。

池袋の片隅のぼくの六畳間では、犬猫のごときペットは無理だ。しかし、鈴虫は飼っている。去年の春、かわいらしい百数十匹が特大虫籠の土の中からうじゃうじゃ生まれて、すくすくと育ち、秋には大合唱と交尾・産卵を済ませてから一匹ずつ、みんな息を引き取った。ペット・ロスで落ち込むには……余りあるという感じか。それとも、倍増して今春またうじゃうじゃ生まれてくる可能性を大いに残してこの世を去ったので、ぼくはさほど落胆せずにいられるのか。

多少の共食いを除けば、鈴虫の〈突然死〉は少ない。キュウリが倒れて不運な一匹がつぶれたこと、あったっけ。それはともかくとして、ぼくが幼稚園児のとき、家族で飼っていた「トト」というスパニエル犬がある日、車に轢《ひ》かれた。撫でたらその死体がまだ温かくて……でもだんだん冷えたこと、父が裏庭に掘った墓の中に埋めたこと、しばらくしてから自分がいきなり泣き出したことなどが、そのころのぼくの記憶の中ではとりわけ鮮明だ。

いま思い出すと、ペット・ロスよりも何か、自分に親しい生命が消えた後にあく〈穴〉を初めて感じさせられ、生死の原理みたいなものをトトに教えてもらった気がする。

父がまた耳の長い、チョコとバニラ色のスパニエル犬を連れて帰ってきたのは、ぼくが小学三年生のときだ。妹とぼくをびっくりさせようと、子犬をそっと懐へ隠したのだが、玄関のあたりで犬はもうキャンキャン吠え出し、興奮のあまり父の背広に粗相を。別に「マウス」とは関係がないが、そそっかしいやつになんとなく似合うので「ミッキー」という名に決まった。

会社がフレックスタイム制だったので、子煩悩な父はよく妹とぼくを起こして朝ごはんを食べさせ、それから歩いて学校まで送ってくれた。ミッキーがいうことを聞くようになると、今度はぼくらを起こす前に、犬とのジョギングも始めた。長続きしないだろうと周りがふんでいたら、父は逆にのめり込み、本格的なランニングシューズをそろえ、だんだんと〈走行距離〉を延ばしていった。

ぼくがそろそろ学校に送ってほしくない六年生になると、父とミッキーは毎朝十キロ以上、ときには二十五キロも走っていた。一九八〇年のデトロイト・マラソンに挑戦するはずだったが、その一カ月前に父が乗った飛行機が墜落。助からなかった。

飼い主を亡くして、ミッキーはまいってしまった。外から家に入ると何かに取り憑《つ》かれたように、書斎や両親の押し入れ、地下室の工房と、父の匂いがするところをみんな駆け回り、鼻をクンクンさせて必死で探す。朝の散歩のときはしょっちゅう母から逃げ出して、まっしぐらに小学校へ。父がいるのではと、入り口でワンワン呼ぶのだった。

ぼくは何度か早起きしてミッキーをジョギングに連れて行ってみたけれど、頑張ってもぼくの走れる距離が、彼にとっては物足りない。なかなか家へ帰ってくれないので、こっちが学校に遅刻しそうになる。

結局、母がテネシー州で大農園を経営していた父の友人に相談し、ミッキーはそこで暮らすことになった。……あいつの〈悲しみ〉とストレスの発散に閉口したが、本当はぼくらだって内心、家中を駆け回って死んだ父を探し求めたかったのだ。ミッキーがそれをそのまま表したので、こっちがずいぶん助かったと思う。

あいつをペット・ロスならぬ〈飼い主・ロス〉から助けてやれなかった自分が、少し心残りだ。

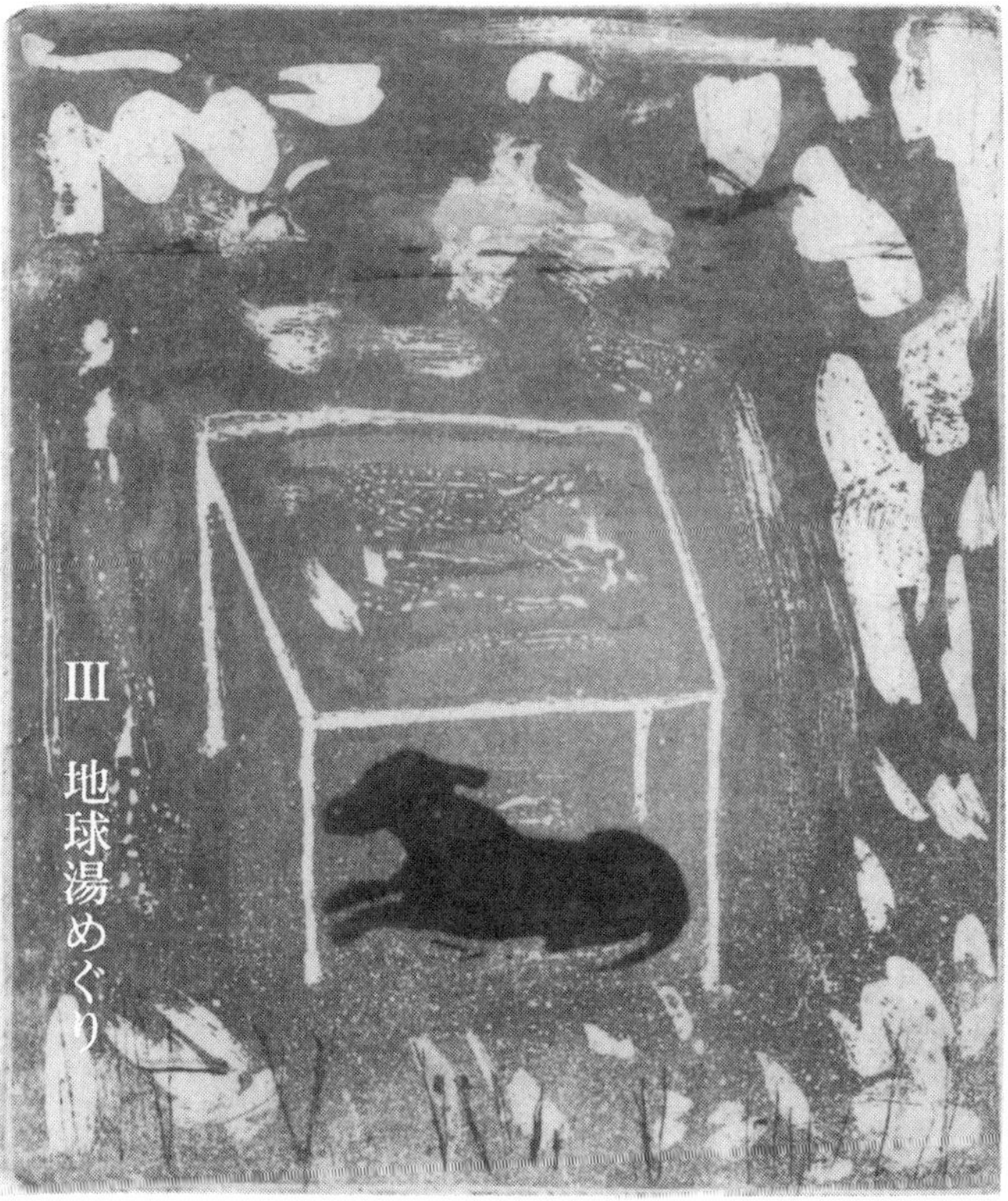

III 地球湯めぐり

いま何どきだい？

夜半《よは》の冬爪を切りゐて母国は朝

どのくらいむかしから言い伝えられてきているのか分からないが、あの「……親の死に目に会えない」という俗信を最初に考え出した人は、おそらく時差のことなど計算に入れていなかったであろう。しかし母親を国際日付変更線の向こうに置いて、東京に住み着いたぼくにとっては、身近な問題だ。爪を切るたびに、疑問が頭をよぎる――鋏《はさみ》を握っているこっちの「夜」なのか、それとも親元のオハイオ州の「夜」なのか……。

妹が住んでいるサンフランシスコとの時差は十七時間。ニッポン時刻からそれを引くわけだが、下手に時計の文字盤を見ながら数えようとすると、頭がこんがらかって、何回も指を折り直して確かめるハメになる。そういう意味では、母のいるオハイオとの十四時間差のほうが分かりいい。こっちのＰＭをＡＭ（あるいはＡＭをＰＭ）に差し替えた上で、二時間をすっとマイナス。ただ、毎年そこへアメリカ側のサマータイムが割り込んできて、いつの間にか十三時間差に縮まる。なおさら分かりいい、けれどうっかりして、だいたい初夏に一回は、眠ったばかりの母親を国際電話でたたき起こしてしまう。

持ち込みのミカンも最後ロス近し

英語で「時差ぼけ」のことをjet lagという。直訳すると「ジェット機」による「ラグ」、つまり「ずれ」だ。いわれてみれば、もっともな呼び名ではある。船で遠いタイムゾーンへ旅立っても、行きながら体内時計が自然と少しずつ調整して、到着した時分には現地時間とどんぴしゃり。船酔いで腹時計が狂ったとしても、タイムラグのあの「ぼけ」は、やはり飛行機ならではの現象だ。

でもたまに、空を飛ばずに、日本国内にいながらも自分の時間感覚が揺れ動いたり、ちょっとほつれそうになったりすることがある。

夜行バスだれがむいたかミカンの香

ラジオの仕事で月に一度、ぼくは青森へ出かけるが、行きはたいてい東京駅八重洲口から出発する夜行バスを利用。車内にミカンや柿ピー、ときにはサキイカの匂いも漂い、首都高が東北自動車道に変わる前に、もう鼾《いびき》の大合唱が始まる。パートを聞き分けようと耳を澄ましたり、やがて自らの鼻バリトンで参加したり、途中で「ここはどこ?」と目覚めたり、揺られること約九時間。

それだけで、感覚がだいぶスリップしやすい状態にでき上がる。けれど、市内を歩き回った後、今度は善知鳥《うとう》神社にほど近い「マロン」という喫茶店へ入ると、本格的にクラクラッとくる。

薄暗い中、どのテーブルを選んでもどの角度に座っても、複数の古時計と向き合うことになる。マスターの趣味なのか、大小さまざまのクロック・コレクションが店内を支配、少なく見積もっても五十台はある。中にはペコちゃんを象《かたど》ったものや、文字盤にモナリザの顔をあしらった変わり種も。そして、よく見るとみんな短針も長針も見事にずれて、堂々と異なる時刻を指し示している。

モーニングセットのコーヒーをすすり、眺め回すうちに自分の腕時計もなんとなく疑わしくなり、トーストの上にのっかったバターが溶け、タイムそのものも一瞬メルトダウンしそうに……。仕事が終わっていれば、けっこう楽しめるだろうが、これから局へ向かわなきゃとなると落ち着かず、アラームをかけたくなる。

豆腐屋の食ふ湯豆腐の不揃ひ也

でも、青森まで行かなくても、懇意にしてもらっている近所の豆腐屋に立ち寄りさえすれば、多少の「時差」を味わうことができる。おやじさんもおばさんも毎日仕事に精を出しているけれど、その台所の壁にかかっている時計のほうがそれにも増しての働きもの。世のほかの時計より、一日に一分くらいのペースで先に進んでしまうのだ。

居候している姪《めい》っこも入れて八人という豆腐屋の大所帯、だれもが台所の時計の働きぶりを心得ていて、その示す時刻を自分なりに割り引いて受け止める。ただ、あまりにずれてくると、だれかが見かねて壁からはずし、針を標準時に戻す。

戻した本人はそれでいい。だが、残りの七人のうちのだれかが、時間調整が実施されたことを知らないで数十分差し引いてのんきに構えていたら、大変なことになる。配達が遅れたり、次の日の豆を浸けるのも遅くなったりと、商売にも障りかねない。

そこで「正しい札」という、豆腐屋独自のシステムが確立した。針を動かした人が必ず、紙切れに「正確」、あるいは「正しい」と大きく書いて、時計の下に貼っておく。ほかの者はそれを見て、自分のメンタル・クロックをぱっと切り替え、おまけにだれが合わせたかも、字から分かるらしい。

しかし、家族以外の人間にとっては、いささか妙だ――何十分も進んでしまっている時計と、これが「正しい」と言い張る札の光景は。聞いてみると、札を取りはずすタイミングに関する決まりはなく、場合によって次回の時間調整まで、少々黄ばんだまま貼ってあることもある。

「そんな時計すてちゃえば」。いつかお邪魔に上がったとき、ぼくはそう口走った。おやじさんが苦笑して、仲人から頂戴した祝いの品だと説明。時の流れに持ちこたえる確固たる義理に感心した。

湯豆腐のだれもいなくなり昆布《こぶ》残る

　ぼくのイタリア人の友だちで、照れ屋なのにサービス精神があり余っているやつがいて、その留守番電話の録音はいつも、一種のタイムラグを抱えている。ＢＣＭを流したり、二匹の飼い犬の鳴き声を効果音に使ったり、凝った演出はするけれど、なぜか吹き込むとき、決まって un nuovo messaggio!「これは新しいメッセージでーす」といってしまう。それで二、三年もの間そのまま、ずっと吹き替えられることなく、メッセージは古臭くなる。
「新木場」とか「ニューヨーク」のような地名は、うんと古い元の場所が同時に存在するので、ある相対的な「新しさ」を保つ。また「新月」や「ボージョレ・ヌーボー」など、自然のサイクルの中で繰り返し巡ってくるものも、毎回その名の通り新しい。でも「新党」や「ニューウェーブ」「ニューエイジ」、伊達に「新しい」と銘打たれたがために、のちにはよけい時代がかった臭いを漂わすものも少なくない。最初から時代錯誤の「新しい」もあり、それが「正しい」と検定済にされたりしかねない。

秋の暮れ公衆便所に壁訴訟

地球湯めぐり

正式に指定を受けているのかどうか、とにかく池袋三丁目あたりは都内有数の「風呂屋密集地域」だ。その一隅の年代物鉄筋コンクリート四階建てアパートの、三階の六畳間に、ぼくは来日してからおよそ八年住んでいた。いつでも窓の外に二本の煙突が見えて、身を乗り出して眺めればもう一本、さらに屋上へ上がればプラス二、計五本を確認できるのだった。

「風呂無し児」のぼくにとっては、暮らしに欠かせない施設だったし、日変わり定食ならぬ「日変わりバス」みたいに利用することで、安価な気分転換も楽しめた。ただ、風向きによって部屋が煙ったい日はあった。

周辺の五軒の風呂屋の中で、一番遠くて煙突の先っちょしか見えなかったのが「松の湯」。アパートから北へ歩いて六、七分のところにあった。最寄りの湯はといえば、徒歩約三十秒の「三鈴湯」。真冬でも湯冷めしない距離だった。でも、八年間のぼくの入浴総回数でいうと、むしろ「松の湯」につかることのほうが多かった。

どっちも東京の公衆浴場の例に漏れず、閉店時間二十四時ということになっていたが、「三鈴湯」はそれを鉄則として厳守した。二十三時五十分になると決まって、短パン一丁で頭にタオルを巻いたおやじさんが、浴槽の横の扉をガラッと開けて現れる。バケツや柄の長いブラシなどカタカタさせて、客に自分の存在をアピール。五十五分を過ぎると、だれも浴槽に入っていないスキをねらって「よっこらッ」と、その中へ渦巻きのホースを投げ込む。後で湯をサイホンして掃除の仕上げに使うらしい。

いよいよ二十四時。最後のすすぎに励むぼくら二、三人はこの時刻を境に、もう客でなしの邪魔者と見なされる。おやじさんは額に八の字を寄せ、「時間いっぱい!」といった調子で掃除を開始、力士が塩を撒《ま》くように粉洗剤を撒き、タイルはりの土俵からタイムオーバーの輩《やから》を追い出してしまう。

オフィシャルなクロージングタイムが同じでも、「松の湯」ではまるで違う時間が流れていた。ぎりぎりでも、いや、二十四時をとうに過ぎていても、おばさんは番台から、入ってくる客に温かくて眠そうな笑みを注ぎ、湯銭を受け取る。それから、壁の上のほうに取り付けてあるテレビに、再び見入る。

零時三十分過ぎ、おばさんはテレビを消し、その日の売上金が入った金属の箱を提げて、男湯の脱衣場の隅のドアから外へ出て、同じ敷地に建つ自宅へ帰る。まだ残っている客をせかすでもなく、いつもの眠そうな笑顔で。毎度のようにおばさんが帰った後も、滑り込んでくる客が一人、二人いたけれど、黙って湯銭を番台にチョコッと置き、臆することなく服を脱ぎ始める。

「松の湯」でも、やはり浴場掃除はおやじさんの仕事だった。一時ごろ、浴槽の横の扉がガラガラと開くが、出てくるおやじさんは十中八九スッポンポンで、残っている客に「どうもどうも」と会釈して、体をシャワーで濡らして浴槽へ。店じまいする前に、自分が最後の客になるわけだ。中でも一番のんびりした客かもしれない。

日本滞在が二年目、三年目になってくると近所に知人が増え、それにつれてぼくの入浴の選択肢が広がった。というのは、懇意にしてもらっている家へお邪魔に上がれば、風呂無し児を哀れんで、「よかったら浴びていけば」といってくれるのだ。その言葉に甘えて、ぼくは湯銭を浮かすのだった。

Iさんの家の風呂場の、浴槽のすぐそばには水槽が置いてあり、その中で少しくたびれたネオンテトラが七、八匹けなげなシンクロナイズド・スイミングをしていた。首まで湯につかって、そいつらを目で追っていると、ちょっぴりスキューバダイビング気分が味わえた。その延長線で、なんとなくエラが欲しくなるときもあった。息を止め、体を目の下ギリギリまで湯に沈め、またネオンテトラたちを凝視。気がつけば己がユデダコに。

山手通りに近いSさんの家は古く、もうすぐ取り壊すのだといいながら何年もそのままだったが、風呂場の明かりが壊れても直さず、夜はキャンドルライト入浴。目が慣れる前に石鹸《せっけん》を落としてしまうと面倒だったが、数分経てば今度は、一本のロウソクってこんなに明るいのか、といった感動があった。体が本当にきれいになっているのか、いささか不安ではあったけれど。

距離的に一番近い「借り風呂場」はH家だった。三丁目きっての豆腐屋さんで、大所帯で、そしておばあちゃんから三男坊まで家族全員が物持ちのいい人ばかり。玄関も居間も廊下も、どこを見ても賑やかなものの山。当時のぼくにとってはまるで、ジャパニーズ・エキゾチスムあふれる骨董《こっとう》市にでもいるようだった。赤べことか、柳行李《やなぎごうり》とか、でんでん太鼓、香炉、盤台、鎌倉彫り、博多人形も尺八もマリモも、実物を初めて見て触って匂いを嗅いだのは、H家でだ。

意外なものが意外なところに置かれているのも、その家の魅力の一つだった。風呂場さえもそうで、だれかが洗おうと思って持ち込んだのか、あるとき黒ずんだ地球儀が転がっていた。よく見てみると、ユーゴスラビアが一国にまとまっている。チェコスロバキアも、ソ連も。ドイツは東西に分かれている。アフリカ大陸ではジンバブエが、まだローデシアとなっている。ひょっとしてぼくよりも、この地球儀のほうが年上か……。

ゴシゴシの合間に、地球儀をタオルで軽く拭き、浴槽の縁に載せて、湯につかりながら回す——故郷のミシガンから出発して五大湖を一通り見物、カナダのセントローレンス湾の島々を縫って大西洋へ出て、南々東に航路を変え、一気にモロッコ上陸。指先でサハラ砂漠に、温《ぬる》めの雨を降らす。体がだんだん熱くなってくると、南極を一回りしてから、浴槽をあとにする。

ビニールではなく、固い厚紙でできているようだったが、あの地球儀は濡れても形崩れせず、長いことH家の風呂場にあった。どれほどイマジネーションをかき立てて、ぼくの「借り風呂時間」を異国情緒で潤《うるお》してくれたことか。また、それまで知らなかった中国の「四川」だの「雲南」だの、地名の漢字表記を覚えるにも重宝した。

思えば、風呂屋へ行けば、ぼく自身がちょっとした異国情緒を醸し出すものになっていたはずだ。H家の地球儀にぼくが見入ったように、「三鈴湯」や「松の湯」では、こっちに見入る視線があった。

エトランゼ吾に興味抱くか銭湯の
　湯気の向こうに少年の顔

ジプシーバーガー

「値段を日方で比較すると、豪華なキャデラックの新車よりも、マクドナルドのハンバーガーのほうが高い」——ミシガン州で農学の研究をやっている友人が、暇つぶし半分にこんな計算をやって、「コンシューマー・プライス・サプライズ！」という見出しの下、メールで送ってきた。

たまたまそれが、日本マクドナルド株式会社がデノレスパイラルの〈鵯越《ひよどりごえ》の半額落とし〉に踏み切った直後だったので、ぼくは「ジャパンはどう？」と彼に計算の依頼メールを返した。円ドルの為替レートと「クラウン」（あるいは「グロリア」だったか）の大まかなプライスと、ハンバーガーの新しい再安値を添えて。すると間もなく「ウイークデーでもやっぱりジャパニーズカーよりバーガーが高価だな」との回答。

関係のない商品同士を並べてその不条理を笑う。ただのジョークのつもりで、ぼくは頭の隅にしまっておいた。が、あるときまたフッと浮かんで、キャデラック一台とハンバーガー数万個と、それらを量る巨大な天秤《てんびん》を思い描いていたら、気がついた――マックをはじめとするファーストフード諸企業の本当の生みの親は、アメリカの車社会ではないか。

もちろんMcDonald'sを創業したのはマクドナルド兄弟のモーリスとリチャード。一九四八年、カリフォルニアの路傍に小さな店を構え、厨房《ちゅうぼう》を工場さながらの流れ作業でシステム化してガッポガッポかせいでいた。そこへミルクセーキ機のセールスマンだったレイ・クロックが、経営者として加わって辣腕《らつわん》をふるい、五五年から全米を視野に入れたフランチャイズ作戦を開始。

いうまでもなく、クロック氏の笑いは止まらないほどうまくいったが、その決定的要因は、当時のアメリカが〈カーの、カーによる、カーのための政治〉で動いていたからであろう。地方自治体から国家まで、いわゆるビッグスリーの意のままに扱われ、路面電車が各地で廃止、線路まできれいに撤去され、自動車道という自動車道が拡張。アイゼンハワー将軍が大統領の座についた五三年以降は、それまで以上に急ピッチで「インターステート・ハイウェイ・システム」の建設が進められた。アイゼンハワー大統領は、自動車メーカーだけでなく米軍の意向にも最大限に添って、さまざまな決定を行ったらしい。その結果、高速道路の五マイルに一マイルは、真っすぐに敷かれることになったそうだ。一朝有事の際、滑走路として利用できるように。いまのところ、戦闘機がキャデラックだのフォードだのトヨタを掻き分けて離着陸する日は、まだ到来しない。でもそのかわり、五マイルおきに（あるいは十マイルおきか、ともかくおびただしい店舗数の）マクドナルドが道路沿いに出現。世界No.1の超大国・超肥満国の二十一世紀に通ずる道が、一九五〇年代にだいたいでき上がっていた。

子どものころ、ぼくは両親にあの手この手で小遣いのおねだりをやらかしたけれど、マックにつれてってって！　とせがんだことは、あまりなかったように思う。それでも、家族そろって車で遠出となれば、行きか帰りに一回くらいは「黄金のアーチ」の下で、ハンバーガーを頬張るのだった。

思春期に入ると、いろんな目覚めといっしょに、母国の文化に対する疑問も次から次へとわいてきて、ぼくの〈理由多き反抗〉へと発展。十六歳で運転免許証を取ってからは、あえてファーストフードのチェーン店を避け、外食する際、もっぱら古いダイナーか場末のコーヒーショップを選んだ。二十歳で大学をいったんやめてイタリアに渡ったのは、ヨーロッパへの興味が大きかったが、ハンバーガーカルチャーから逃避したい願望も、重要なファクターだった。

けれどまさかミラノで、マックにお世話になるとは——。イタリア語が多少話せるようになって、バイトもアパートもやっと見つかり、いくらか落ち着いてきていたある日曜日のこと。路面電車でドゥオーモまで出て、そこからダンテ通りをふらふら、スフォルツァ城まで歩いていた。堂々たるその城は、裏庭が広い公園になっていて、「シェークスピアの並木道」や「ゲーテの並木道」など、詩を志す者の関心をそそる名前の散歩道が、そこかしこにある。

たしか「バイロンの小径」で立ち止まって、ぼんやりと空に浮かんだ綿雲を眺めていたら、どこからともなくいきなり六、七人の少女が近寄ってきた。みな日焼けした端整な顔で、よれよれのロングスカートをはいて、よれよれの新聞紙を手に「シンニョーレ、新聞はいりませんか？　わたしたちの新聞買ってくださいヨ！」

ジプシーの話を聞かされていたぼくは、おやッ、ひょっとしたらこれは、ときたはきたけれど、その程度ではとても対処できない。クリクリした目を光らせ、少女たちはあっという間にぼくを包囲、それぞれ片手で、こっちの臍《へそ》よりやや高い位置に新聞を押しつけてきて、もう片手ではぼくのズボンのポケットを探り、中身を洗いざらい持っていった。

手口が見え見えなのに、相手はなにしろ素早く無駄なく、まさに電光石火の早業で、気がついたら取られていた。幸運にも、その日はパスポートも財布も持たずに出かけたので、被害は紙幣貨幣合わせて一万数千リラ・プラス鉛筆とボールペン一本ずつ、それから尻のポケットに突っ込んであった、あれこれ書き溜めていたノート。現金は悔しかったが、ノートの喪失にはそれまでミラノで過ごした時間にぽっかり穴があいた感じがした。

帰りの電車賃がない。ぼくは公園を出て急ぎ足で、まずガリバルディ門を目指した。歩けば歩くほど、犯された気持ちが全身に回る。ガリバルディ将軍の前を素通りして、今度は中央駅のほうへ。そこはかとない不安が増幅して、どう抑えたらいいのか分からず、駅前広場をよぎって振り返ったら反対側に、かの黄金アーチが微かに見えた。

見えただけで、ぼくの不安が少しおさまった。吸い寄せられるようにして中へ入り、トイレを借りた。そして、窓際の席に腰を下ろし、深呼吸を繰り返して、嫌であっても馴染み深いMcDonald'sという安全地帯で、落ち着きを取り戻した。リラが残っていたなら、ハンバーガーも食べたかもしれないが、ポテトフライの匂いのみ満喫して、再び街の中へ。

いまだに、あのノートのどこかに、きっとポエムのマスターピースの素になるような一、二行が潜んでいたに違いないと、思えたりする。同じころの、盗まれなかったほかのノートを隈なく読んでも、お粗末なシロモノばかりだというのに。

コンビニのむすびムシャムシャ四月バカ

コレクターたるもの

東京で、道端に捨てられた掃除機を見かけると、マットという高校時代の友だちの顔がぼくの脳裡《のうり》に浮かぶ。そして一瞬、拾って船便で送ってやろうかと、考えてみる。が、電圧が違うし、アイツの好みのモデルじゃないかもしれないし、壊れているだろうし……結局はそのまま通り過ぎてしまう。

何を血迷ったか、マットは高校二年のある日、どこかのゴミから古い掃除機を拾って家へ持ち帰り、地下室でバラし、いじくり回し、そのうちちゃんと動くようにしてしまった。バキュームクリーナー・コレクターとして、それが最初の一歩となったのだ。その後、拾っては手入れを、場合によっては修理もして、大切に保管。

料理人の道に進んだ彼のアパートへ、久しぶりに遊びに行ったら、リビングの一角にずらりと十台ばかり〈展示〉してあった。マットは「このフーバー社製のやつって、やっぱり掃除機デザインの最高峰。またユリーカ社のこのモデルも、ボディーラインがよく、掃除機のフェラーリといってもいいだろう……」などなど、誇らしげに案内してくれた。

アパートの床はカーペットだが、見るとひどく汚れている。「掃除機がいっぱいあるわりには、掃除が行き届いてないなぁ」とぼくがからかうと、「だってオレは掃除がニガテだ」と返ってきた。「そんなバカな！」

でも、あとで振り返って、なんだかコレクターたるものの本質を見たような気がした——実用性と理性を抜きに、自らの感覚に任せて蒐集する。ぼくはときたら、これまでに昆虫とかベースボール・カード、好きなミュージシャンのレコードと、いろいろ集めてはみたけれど、自分の個性がもろに生きるオイラならではのコレクションとはいかなかった。しかしそれが、来日して見つかったのだ——若葉マーク。

いや、最初のころは、自動車についているそれを見かけて、なにか政治団体の標章、あるいは宗教的な意味があるのか……といった類いのものかと思っていた。あるとき気になって、日本語学校の先生に「車に貼るあの矢印は何？」と聞いて、話がまるで通じず、ホワイトボードに絵を描いてやっと分かってもらえた。

アメリカには、初心者ドライバーのためのシンボルが存在しないので、その発想自体がぼくにとって興味深く、ほほえましくも思えた。危なっかしい日本語初心者の自分も、胸にミニ若葉マークを貼れば、お手柔らかにしてもらえるかしらと、夢想したこともあった。

日本滞在が長期化し、そのうちママチャリから二十一段変速マルチトレック自転車に乗り換えて、都内どこへでもペダルをこいで出かけるようになり、車につけられた若葉マークのみならず、路傍に落ちているそれもよく目にするようになった。はじめは使い捨てライターだのマンガ本だの、ほかのゴミと同じようにただぼんやり「落ちてるなぁ」と見ていたのだが、山手通りである日、はがれたてホヤホヤらしきマークに出くわし、ふとブレーキをかけ、拾って帰った。洗って冷蔵庫にペタッ。

それからというもの、道端に落ちている若葉マークは、なんとなく素通りできなくなり、それらを入れるためのビニール袋をいつもリュックに持って、冷蔵庫のドアは半年ほどでびっしりと覆われた。今度は煎餅《せんべい》の空き缶に保管。二十枚目あたりから裏側に油性マジックで、拾った場所と年月日を書き記し始めた――「'97・10・7　多摩市貝取」「一九九八年九月二日、池袋大橋」「99・5・11　水戸街道沿い、葛飾区青戸」……。コレクションであると同時に、いつどこらへんをこぎ回っていたか、自分の行動のランダムな断面図という記録でもある。

同じ若葉マークといっても、製造元は一つではないので、色や光沢や縁取りなどに微妙な違いがあり、少なくとも十種類は流通している。新品同様のも嬉しいが、轢《ひ》かれて路面の凸凹を押印されたもののほうが味わい深い。

コレクションが五十枚に達したとき、ぼくは部屋の畳の上に並べてみた。そこでさらなる夢がパッと浮かんだ――アメリカの自宅のガレージにデンとあるシボレーを若葉マークで覆い尽くし、デトロイトの町中をドライブ！　でっかい車体を覆うには、ざっと二百枚が必要だろう。あと何年かかるか。

マットが住んでいるのは、デトロイトから小一時間かかるアンナーバー市。そこまで飛ばして行ったら、途中でマークがはがれやしないか……ま、はがれ落ちたとしても、それも面白い。拾った人は何と思うのか。

くさいものに

鼻の大きさと嗅覚《きゅうかく》の鋭さとが、解剖学的に関係があるかどうか分からないが、ともかくぼくのノーズはＬＬサイズで、わりかし敏感。それに、目よりも耳よりも、鼻のほうがどうやら脳の記憶装置と密接につながっているようだ。

例えばこんなふうに――池袋の繁華街をふらついているとき、片隅に漂っている微かな匂いがひょっとした風の吹き回しでぼくに届くと、むかし働いていたマンハッタンの倉庫街の空気の匂いとジャストミートする。十一年前の記憶が倉庫一杯分くらいドッと押し寄せてくるのだ。当時はほとんど意識したこともなかった、フォークリフトに貼ってあったステッカーの色と文句、地下の更衣室のロッカーの錆びつき具合、いっしょに働いていたベトナム人の金歯……と実に鮮明に。

ときには幼児体験も、鼻孔を通じて呼び起こされることがある。婚姻届をそっと出した妻とぼくに、友人たちが浅草でパーティーを開いてくれたのだが、その日は偶然「酉《とり》の市」だった。腹ごなしに、みなで鷲《おおとり》神社を回っていると、仲間のひとりがぼくに、「これ、食べたことないだろう」とお多福の絵が印刷された紙袋から、ピンクの長方形のふにゃふにゃした餅《もち》みたいなのを出してみせた。「キリリンショウっていう、めでたいお菓子だ」という。

ぼくは匂いを嗅ぎ、いきなりメモリーの中へ引き込まれた——父方の祖母の台所、オリーブ色のリノリウム・タイルの上を、ぼくが這い這い。ときどき見上げると、白髪がまだ一本もないおばあちゃんが、しゃんと立って笑顔でこっちを見守っている。ぴかぴかのタイル……この切り山椒《ざんしょう》の匂いこそ、あのワックスのそれだ！

妻もひと切れもらって鼻に近づけ、「うん、ジョンソンのだったか、なにしろアメリカのワックスの匂いそっくり」という。けれどぼくは、それを食べることにほとんど違和感はなかった。這い這いのころはなんでも手ごと口に突っ込んで、床のワックスもずいぶんと味わったことだろうし——。

婚約したばかりのころには、こんなこともあった。秋晴れのある日、彼女の両親の家を訪ねたのだ。「森林公園」へサイクリングに行き、裏門から入園しようとしたが、なぜか閉まっていた。塀に沿って表のほうへ回ろうとすると、クセエッ！

英語でイチョウのことを「ginkgo」というが、英英辞典で引くとその定義には、「黄色い多肉質の種子は不快な臭気を放つ」とある。見れば塀のこっち側に、三本の大銀杏《おおいちょう》が悠然と立ち、周りの地面が多肉質の黄色で覆われている。その臭気ったらない。しかし、日本語辞典もちゃんと読めるぼくは、「種子を〈ぎんなん〉と呼び、食用とする」ことも心得ている。しかも好物だ。

「拾って行こう」そういってぼくはリュックの後ろポケットから、いつも持ち歩いているビニールの買い物袋を二枚取り出した。ちょっとためらったが彼女もいっしょにしゃがみ込み、袋は二つともみるみる満杯になった。けれど見回しても、ぎんなんが減っている形跡はまるでない。

ところが歩き出すと、向こうの畑のまた向こうから人をつれて（望遠鏡ででも見ていたのだろうか）、おばさんが急ぎ足でやってくる。「それ、うちのなんです」。ひと袋は没収され、ひと袋は許してもらえた。帰りの電車の中でぼくらは落ち着かず、両方の袋を持ち帰った日には、異臭騒ぎになっていたかもしれない。

「多肉」を取り去る作業を、言い出しっぺのぼくは自分のアパートでするハメに。面倒臭がって素手でやったのは、後で洗えばいいと思ったからだ。が、だんだんとマクベス夫人が自分に重なってくる感じで、何度洗っても臭みは消えない。それどころか「アロエ入り」の石鹸を使ったので、そのしつこい香料も手に染みついていった。諦めて少し書き物をしようとしたけれど、手が臭気を放って仕事にならない。とうとう大の字になり、手をできるだけ鼻から遠ざけて、ふて寝するしかなかった。

翌朝早く、半分眠りながら目をこすると、十年前に他界した母方の祖母が、まざまざとぼくの前に現れた。はっと起きて、手を嗅いでみると、夜の間にぎんなん汁とアロエ香料が融合、調和したらしく、亡き祖母が常に身につけていたシャネルの五番を醸していた（もしこの事実を疑う読者がいらしたら、ぜひ試してみてください。アロエ石鹸の種類によって、シャネル六番になったり四番になったりするかもしれないが……）。

しばし寝そべって、ぼくは祖母の思い出に耽《ふけ》った。そして、手の香りを嗅がしに、彼女のアパートへ向かった。

尻を出すこと、顔を隠すこと

「男の子」は、おしなべて潜在意識の中に「自らの母親イコール理想の女性」といったエディプスじみた方程式を抱えたまま大人になり、結婚相手を選ぶときも、どこかマザーのエッセンスを求めるのだ——。

以上のような心理学的通説が、欧米でも日本でもかなり浸透しているといってよかろう。男性の友人知人を見回してみても、なんとなく当たっている感じがしなくもない。けれど、ぼく自身は完璧に例外だと思っていた。

なにしろ、わが妻は見かけによらず（？）繊細で、他者と接していると極細の神経があれよあれよという間に使い果たされ、それからはじっと、まるでモヤシを作るみたいに、神経が生え変わるまで待たなければだめなタイプである。それに引き換え、わが母親は極太というほどでもないが、丈夫な神経の持ち主で、どちらかといえば社交的だ。

ところが、ちょっと違う視点から見てみると、推理小説に敷かれた伏線のごとく、妙に一致する箇所がいくつも現れる。妻も母も、二人姉妹の末っ子で、「おかあさん子」。二人とも正義感が強く、自然破壊への憤りや、動植物への思い、また、知らない男の裸の尻に対して「勝手に見せてくれるな！」といった反応が共通している。この最後の点が明るみに出たとき、ぼくはドキッとしたのだ。

米国に比べれば日本のほうが、ケツっぺたもあらわな姿の男性を、いやが応でも目にする機会が多い。晒《さら》されている現場へ出向かなくとも、普通に夕方のニュースで、季節の話題と称して「○○祭り」の男衆が慣れない褌《ふんどし》を締めて、何か担いだり引っ張ったり競い合ったりしている映像が流れる。すると妻は、「何で見なくちゃならないのッ」とリモコンを摑む。いわれてみればなるほどと思う。ケツ丸出しの本人たちが、一年ぶりの解放感を味わいながら盛り上がるのは結構なことだが、ふだんズボンの中にしまい込まれて日の目を見ない、色も形も優れないケツの列を、どうして気持ちよく眺めていられようか。

そんなわけで、不特定多数の男の尻に関する妻の見解を前々から心得ていたぼくは、母親のそれについては、一度も考えたことがなかった。しかしある夜、国際電話がかかってきた。地元の市民センターでジャパンのドラマーのグループ「KODO」を聴いてきたという（あとで調べたら、佐渡島を拠点に活動している「鼓童」という太鼓叩きの楽団だった）。その大太鼓と締め太鼓と曲の演奏に、母はえらく感動して「あたかも地球の鼓動みたいに胸に響いた」などと手放しでほめたあとでこうつけ加えたのだ——「ただ一つ、みんなお尻をむき出しにしてたのよ。伝統だって分かるけど、でも見たいと思わないわ。どうしても見せなきゃならないのかネ」。

電話を切ってからフッと思い出したが、うちの母親はSUMOが好きで、たまにアメリカのケーブルテレビで放送されると喜んで見るし、大相撲の写真集も持っている。なのにぼくの知るかぎり、力士の尻に文句をつけたことはない。そういえば妻だって、相撲ファンではないがニュースの「中入り後の勝敗」で、特大のケツが画面いっぱいに転がっても、リモコンを摑んだりはしない。

そのわけは、祭りの生《なま》っ白《ちろ》い男たちの尻の場合、あれは「用のない尻」らしいのだ。美しくなく、見せる必要もない。相撲取りの尻は一応鍛えられた尻で、ひっぱたかれて音を出したり、倒れたときのクッションになったり、不要というわけではない、というのだ。

三階の席まで映える力士尻

両国の「国技館」からメキシコシティーの「アリーナ・メキシコ」へワープしてみれば、向こうの三階席まで映えているのは、レスラーのマスクの顔だ。日本の力士に負けないくらいの尻を備えているレスラーがいて、ぴったりしたド派手タイツをはいているにもかかわらず、すっぽりかぶるマスクのほうがどうしても先に目につく。もちろん、目立つようにデザインされて、キラキラのラメやスパンコールもふんだんに使われる。しかしそれだけでなく、マスクというものに、そのレスラーのアイデンティティのすべてが凝縮されているからだろう。

そしてもしリング上でタイツを脱がされ、尻が群衆の目に晒されたとしてもカムバックは可能で、一方マスクを剝《は》がされて顔が裸になった日には、それはレスラー生命の終わりを意味するらしい。そんなメキシコのプロレス「Lucha Libre」というものに、ぼくが興味を持ったきっかけは、散髪だった。旅行の途中でテキサス州のエルパソに一泊。汗で首にくっつく自分の髪が、次第にうざったく思え、そこへちょうど古いオフィスビルの一階に「Ruly's Barber Shop」という、色褪《あ》せた看板が見えた。窓から覗《のぞ》き込むと客はいない。けれど、体格も顔色も武蔵丸によく似た五十歳代のおじさんが、片手を椅子の背にかけて、どうやらストレッチ体操をしているようだ。すぐこっちに気づいて、恥ずかしそうに笑い、もう片手で「プリーズカムイン」と招いてくれた。

Ruly とは「ラウール」の英語風ニックネーム。メキシコシティーで生まれ育った彼は、今、川向こうのファレス市に住み、毎朝ボーダーの橋を越えて出勤してくるそうだ。鋏がおもちゃに見えるほど大きいその手は、十代のころから客の髪を刈っているという。

店内を見回すと、壁のあちこちに摩訶不思議《まかふしぎ》な覆面の大男の写真が貼ってある。コバルトブルーの地に銀色の星を一個ほどこしたマスクだが、鼻と両目の穴の三角が、うまい具合にスターの中におさまってそこそこかっこいい。鏡の上に、星の男の全身を写した一枚があり、その体つきがおやッ、ラウールさん本人に酷似。聞いてみれば、また恥ずかしそうに、「面が割れたか……」と笑う。

要するに、夕方五時半に店を閉めてから、彼は週に二、三回ファレスの市民センターへ直行、楽屋で「Estrella」(スペイン語で「星《スター》」の意)という名のレスラーに変身して、リングに上がるわけだ。そして「ドラキュラ」だの「ユリシーズ」だの、ハリケーン男、炎の男、猫男とも果敢に格闘。「人気が出ればギャラも高くなるけど、オレなんか一試合二十ドルぐらいだな」という。ショーに過ぎないとはいえ、体を張ってアクロバティックに投げ倒したり投げ倒されたりして、それでぼくのこの散髪代の二倍にもならないのか――そういうと、ラウールさんは「金のためにやるんじゃない、ルチャ・リブレは庶民の夢だし、草の根の社会的運動でもあるんだ。マスクをかぶって地域の中で正義のためにも戦うんだ」。

ファレスの市民センターの三階まで、今でも銀の星が映えていることをぼくは祈っている。

牛たる自転車、魚に自転車

三台ある自転車を、その日の天気と気分と予定走行距離に合わせて、使い分けている。どれを選ぶにしても、走るのはほぼ車道だ。思う存分スピードが出せるからだが、万が一の事故を想定した上での判断という面もある。車道でジコる危険性と、歩道でだれかを傷つける危険性と、仮に両方を考えてみると、強いていえば前者がマシかと思える。どちらも縁起でもなく、当然、現実味を帯びることのないよう、冷静かつ注意深くペダルをこがねばならないのだが。

工事だの違法駐車だので車道が塞《ふさ》がっているときは、仕方なく歩道を通る。そこではたまに、冷静さを失いそうになる。歩行者ではなく、同じく自転車に乗った相手に苛立《いらだ》ってしまうからだ。例えば、前にいる人が右へか左へか、心持ち寄ってくれさえすれば追い越せるというのに、歩道の真ん中をひたすらノロノロと走る場合だ。逆にノタリノタリの蛇行で、通行の妨げになる人もいる。またごく稀に、追い越されるのが癪《しゃく》に障るらしく、通すまいと肘《ひじ》を張ってジグザグ進行する人物もいる。

張り合う気などさらさらないけれど、こっちは自転車野郎だ。脚力があり余ってじれったいったらありゃしない。そんなときの対処法として、ぼくはまず頭の中を英語に切り替える。それから呪文のようにGet off and milk it!（降りて乳でも搾ってやったらどうだッ）と独り言をいう。自転車のノロノロ運転で邪魔になっている人に対して発せられる、特殊な罵倒《ばとう》イディオムだ。罵倒といっても相手を直撃するのではなく、照準を乗り物のほうに合わせ、それを鈍重な牛にたとえて、おまけに満杯のオッパイもつけるという、鮮やかなメタファーの上に成り立っている。発想的には、日本語の「牛の歩み」と同類だが、ミルクまで搾り出そうとするところが、イングリッシュならではの不条理といっていいか。「商いは牛の涎《よだれ》」など、牛の口から出る液体に因《ちな》んだ成句は反対に、日本語の独壇場だ。

Get off and milk it!と呟《つぶや》いただけで、邪魔っ気に思われた相手が、急に憎めない存在に変わる。その牛歩戦術にやられている自分も滑稽に思え、苛立ちを忘れていつの間にか、ホルスタイン模様の自転車があったら楽しいなとか、とりとめのないことを考えながら車道に乗り換えるのだ。

三台からなるぼくのバイシクル・コレクションには、いわゆるママチャリがない。一年前に奮発して買った、超軽量でサラブレッドを思わせるデザインの二十七段変速最新型マルチトレック自転車が一台。それから、十年ばかり前に奮発して買った、まあまあ軽量でデザイン的にはアラビア馬あたりの二十一段変速ハイブリッド型がもう一台。そして数年前にタダでもらった、ニックネーム「赤べこ」ことマウンテンバイクだ。

この最後のには、サスペンションと称して頑丈《がんじょう》な緩衝器が前後についていて、それがゆえによけい重く、タイヤもフレームもとびきりごつい。おまけに、某コーラの公式商標の色に合わせ、フレームは派手な赤と少々の白でバッチリ塗ってある。乗ってしまえば、もちろん牛歩ほど遅くはないのだが、ほかの二台と比較すると、馬と牛みたいにスピードの差は歴然だ。

「タダより高いものはない」といわれるが、赤べこ自転車の場合はそうではなかった。ただし一種のツケとして、思わぬ後ろめたさがついてきたのだ。――そもそものきっかけは、広告代理店に勤める知人が某コーラのキャンペーンを担当することになったことだった。缶に貼られたシールを集めて応募すれば、テレビ映りがすばらしくかっこいいマウンテンバイクが当たるかもしれないという懸賞広告を、大々的にやった。コーラは年に一回飲むか飲まないかのぼくだが、別の用でその知人と会ったとき、今やたけなわのキャンペーンが話題に上り、「どう？　自転車いらない？」と藪から棒に聞かれた。当時は一台ぽっちだったし、予備にいいかもと思ったぼくは「ほしい」といった。

一カ月後、都心の彼の事務所まで電車で行って、自転車をありがたく頂戴、さっそく初運転して帰った。わが家は、大通りに面したマンションの一室だが、一階部分がコンビニエンスストアーになっている。その店員の顔触れは多彩で、中国人、マレーシア人、インドネシア人、そして日本人も働いていて、ぼくはしょっちゅうコピー機を利用するので、みなと顔見知りだ。ピカピカのその赤べこで帰宅したときは、マレーシア人のKさんが、ちょうど店の前で空き缶の入った大きい袋の口を閉じようとしていた。こっちを見るなり「スゲーッ！　当たったんだ！」と、袋を放って寄ってきた。もうひとり、中国人のYさんも出てきて「やったね！」と、肩を叩いて祝福してくれた。そのうち店長も、キャンペーンの広告チラシを手に持って現れた。「写真よりは小さく見えるけど、やっぱこれだ。オレたちも、無理して飲んでシールをメチャクチャ集めたんだけどな、全部ハズレだったみたい。そっち、葉書、何枚出したの？」

「いや、そんな、一枚……っていうか……」。そこでまた肩を叩かれて「運がいいね」といわれ、ぼくは付属品のカギの四桁番号を三人に教えて、「いつでも乗っていいよ」といっておいた。あれからずっとマンションの裏の駐輪場にとめてあるが、彼らは結局、試乗しなかったらしい。ぼくもほとんど使うことなく放置していたけれど、もう一台が故障した際、久しぶりに手入れをして乗ってみた。赤がいくらか色褪せて、ところどころに錆《さび》が見受けられ、それと並行してこっちのやましい気持ちも薄れていたのだ。その後は、主に買い物に使っているが、サスペンションのおかげで、豆腐や完熟トマト、ケーキなどやわらかいものをハンドルから下げても、振動が緩衝され、傷んだりつぶれたりしない感触がある。

ぼくが十段変速の「テンスピード」を親に買ってもらい、サイクリングの妙味に目覚めたのは一九八〇年代前半、十五歳のときのこと。その同じころに、女性解放運動から出てきた面白いスローガンが流行《はや》っていた——A woman without a man is like a fish without a bicycle.（頼れる男がいない女は、自転車を持たない魚のようだ）。その心は、つまり男イコール無用の長物、いるとかえって邪魔だ。

神田川でも石神井川でも、いつ出かけてみてもだいたいどこかに自転車が沈んでいる。深みに二、三台固まっているときもある。時間が許せば、ぼくはそれらをじっと眺め、魚がその「長物」とどのように交流しているかを見ようとする。例えば、大きな鯉たちは、少し迷惑そうに避けて通るけれど、鯔《ぼら》となればフレームやハンドル、スポークの間もリズミカルに縫って泳いでいる。邪魔な存在に、どう順応していくか、すべての生き物に共通する課題といってもいい。が、魚類の中でダイオキシン濃度が日本一の神田川の鯉に、さらなる苦労をかけるなんて、むごすぎる。

川の瀬に捨てられし古き自転車を
　隠すがごとく落花群がる

レオナルドといたずら書き

統計を見たわけではないが、たぶん、レオナルド・ダ・ビンチの「最後の晩餐《ばんさん》」ほど、複製画が世界に氾濫《はんらん》している絵はほかになかろうと思う。わが家だけでも、安価なものが二枚ある。同じ「最後の晩餐」といえども、色といい線といい、互いのズレはかなり大きい。無論、レオナルドの原画とのズレのほうがもっと大きかろうが、複製画を眺めているとぼくは原画がどんな感じだったか、だんだん分からなくなってしまう。七、八回、見に行っているというのに。

七、八回はるばるイタリアへ出かけて見に行ったわけではなく、二十歳のころ、ミラノに住んでいたのでアパートから十分ばかりぶらぶら歩き、「やあレオ、元気？」といった調子で、ときおり寄っていたのだ。また、指折りのミラノ名所なので、アメリカの友人が遊びにきたとき、連れて行ったりもした。あれだけ眺め入ったはずなのに、なぜ記憶はぼやけているのか。

一つには、壁一面のその名画を前にしていると、どこまでレオナルドの筆になるものなのかなぁ……と、どうしても懐疑的になる。なにしろ、いつ訪れても修復中で、一部分は足場を透かして見なければならなかったり、場合によって足場の上でコツコツと作業している人間もいて、そうなるとその作業のほうに目が行ってしまう。

延々と続く「最後の晩餐」の修復については、いろんな意見がある。実行している側は、絵の完成後この五百年の間に加えられた化粧直しや補修や修正を、いってみれば〈いたずら書き〉と見なして、それらを取り除こうとしている。しかし、そんなことをしたら最後に残るのは色褪せた、半分剝がれ落ちたキリストと弟子たちの幽霊みたいなものだけだと、批判する人も少なくない。いうまでもなく、すべての発端はレオナルド本人にある——壁面の下塗りなどを面倒臭がって、正しい手順を踏まずに描いてしまったらしい。

指折りの東京名所といったら、東京タワーがその一つ。ここ数年、ぼくは自転車でよく芝《しば》を通過することがあり、ときどきふらっと寄って、人間観察を楽しんだりタワービルの土産物屋をひやかしたりしている。三階の一角にある「蠟《ろう》人形館」へは「高すぎるッ」と、入ったことはなかった。けれどある日、好奇心をおさえ切れず、八百七十円をはたいて入館した。

安っぽくてダサくてバカらしくて、めちゃくちゃ面白かった。中でも一番の傑作は「最後の晩餐」。レオナルドの原画が〈幽霊〉というのなら、こちらはれっきとした〈化け物〉だ。長さ十二メートルばかりのガラス張りの中に、大男サイズの十三体。キリストの顔から漂うクサい物憂さ、十二人の弟子のオーバーな表情、食卓には蠟細工のパンとワイン……そして原画にも他の複製にもない、すばらしいオマケがついている。

座敷札。ひとりひとりの前にきちんと名札が置かれているのだ。ユダぐらいは、名札がなくても見分けられるが、マタイとかピリポあたりになるとまったく自信がない。ノートを取り出して、ぼくは席順を書き留めた。

それからタワービル屋上の「展望台階段昇り口」へ行ってみると、モギリのおにいさんに「階段を利用される方には東京タワー特製ノートのプレゼントがあります」といわれ、六百余段に挑戦することにした。エレベーターと違ってゆっくり景色を見ながら昇れるが、眺めのよさよりも、ぼくはいたずら書きの多さに感動した。

一息つきながら、みんな自分の名と一言&日付を記して行くようだ。最初は漠然と読んでいたのだが、途中からもらいたてのノートを手に、本格的な〈いたずら書き調査〉に乗り出した。最後の化粧直しがいつ行われたかを突きとめるための調査だ。ハートマークを何個見たことか……。

結果は、最古のいたずら書きが次の通り——「'97・5・31　夜露死苦　つかれた」（珍しく名前はなかった）。それで、最後のペンキ塗りは九七年五月であろうと、ぼくは推定する。だからどうしたといわれればそれまでだが、〈調査中〉にミラノの「最後の晩餐」を思い出し、あの修復はやはり間違っているのではと思った。

一見くだらなくても、後世の〈いたずら書き〉には、きっとなんらかの価値があるはずだ。

何をかくそう

本屋の洋書売り場を見てみると、外国人のための「ジャパニーズ・ライフ・ハンドブック」なるものが、いろいろと出ている。また、ホテルの部屋の引き出しの中を覗けば親切にも、「海外からのお客様へ」などと題した日本滞在の手引きが、入っていることも多い。この類いの出版物に、一つ共通している点は、ことこまかな「和式トイレ」の説明が載っていることだ。たいがいイラスト入りで。

来日してずいぶん経つので、和式トイレの使い方はもうお手のもの。でも本で覚えたのではなく、ぼくの場合は試行錯誤だ。手引き書を見ずに、予備知識もろくになく東京へやってきて、池袋の一隅の六畳間に入居。風呂のない部屋だったが、狭い和式便所はついていた。最初に見せてもらったとき、不動産屋のおじさんは「こちらがトイレ」といっただけで、ぼくもそれ以上のインフォメーションを求めなかったのだ。

が、いざ使うとなるとあっちを向くべきかこっちを向くべきか……腰かけるのじゃなくて、またいでしゃがむということは一目瞭然《いちもくりょうぜん》だったが、向きに関しては、結論に至るまで二、三週間のエクスペリメントを要した。数カ月後のある日、本屋で期せずして、自分の「ケツ論」が正しいと分かった。そのとき立ち読みしたハンドブックは face the hooded end という表現を使っていた。要するに頭巾、というかフードがついているほうに向かって、使用せよと。

「フード付きってうまい言い方だな……日本語ではなんていうんだろう？」――ぼくは英語でそう考えて、翌日、日本語学校で休憩時間に、ホワイトボードに図を描きながら先生にたずねてみた。すると、いかにも淑女という雰囲気の永井先生がいきなり赤面、声を低め、とても嫌そうに「……キンカクシ」と教えてくれた。すでに「キンタマ」という語をバッチリ習得していたぼくは、すぐピンときて大いに感動、さっそくクラスメートたちにしゃべって盛り上がった。また、数年ののち、「きんかくし女中は何をかくすやら」という、江戸中期の川柳に出くわしたときも、更なる感銘を受けた。

そしていま、アメリカからだれか友だちが東京へ遊びにくると、ぼくはガイドの一つの心得として、和式便所の紹介を忘れない。川柳の拙訳と解説もおまけに付け加えて。だが、ジャパニーズトイレの紹介は「古典」で終わるわけではなく、最先端の便器技術が集結する新宿西口のさるメーカーのショールームへも案内するのだ。そこには豪華なウォシュレットが勢揃いし、しゃれたデザインと色合いが目を楽しませる。能書きをちょっと英語に訳し、値札もドルに換算してあげると、米国人の驚嘆すること間違いなし。それからなによりも面白いのは、ショールームの隅にある「体験トイレ」だ。ズラリと並んだ個室の扉に「〇〇型搭載」と表示してあり、好きなモデルを選んで思う存分「試乗」ができる。去年、ニューヨークからきた友人は、三台も試して帰った。

ぼくがいま住んでいる板橋の一隅の部屋は、洋式トイレだが何も搭載していないので、ショールームへお邪魔に上がると珍しく、こっちもウォシュレットを使わせてもらう。すると必ず、高校生のころ住んでいたオハイオの古い家の記憶が鮮やかによみがえる。一九〇五年に建てられた、お化け屋敷みたいな家だったが、一階のトイレは年代物の便器がそのまま現役だった。比較的、便座が高く、中の水面までの距離も長くて、そのせいか大便をすると十中八九、しぶきというかポチャンと跳ね返った水が、お尻に命中するのだった。冷たくて最初はビクッとしたが、だんだん慣れてくると一種の爽快感もあった。

思えば、あれは電気も使わずウォシュレットの役割を果たしていたではないか。

ただ、便器をデザインした先人が、それを計算していたかどうかは――。

KUDZU湯

ぼくが生まれ育ったミシガン州は、緯度でいうと北海道とほぼ同じ位置にある。海はないが、渺々《びょうびょう》たるスペリオル湖とミシガン湖、ヒューロン湖からも寒風が吹き渡ってきて、真冬は「しばれる夜」の連続だ。子どものころ、ブラウン管の中でまぶしく照り輝くカリフォルニアやフロリダの、その常夏的生活を羨望《せんぼう》したものだった。

とはいえ、北国の冬は子どもにとって、大いに楽しい季節でもあった。雪合戦の原料が無尽蔵にあり、トボガンという木製の橇《そり》を裏山へ引きずって行きさえすれば、いつでも滑降のスリルが満喫できた。また、タイミングよくドカ雪が降ってくれると学校が休みになる――空からのそんな牡丹餅《ぼたもち》の「スノーデー」に恵まれたときは、天候自体がぼくらの味方、正義の味方に思えた。

さんざん雪遊びしたあと、キッチンの隅でマグカップを両手でくるむようにしてすすったココアのうまさといったらなかった。同じ材料を使い、同じ親心を込めてこしらえても、氷点下知らずのロスだのマイアミだのではあの味は出ないだろう（ただ、クーラー利き過ぎの室内に長時間いた場合はそれなりにありがたかろうが）。

大きくなるにつれ、ぼくのココア愛飲の回数が年々減り、反比例してコーヒーを飲むことが多くなった。大学生のころはもっぱらブラックで、豆を挽《ひ》くミルと、イタリア製のエスプレッソ用ポットも揃えて常用した。けれど、体が芯《しん》まで冷えたり、なんとなく心細かったりすると、無性にココアが飲みたくなったのだ。大学卒業と同時に来日して、池袋のはずれのアパートに入居。ヒートアイランドといえど初めての東京の冬は、隙間風が縦横に入る六畳一間の中で、かなり寒く感じられた。それに、心細いときもあったはずだが、ココアが恋しくなることは一度もなかった。なぜならそれに代わる温かい一杯、日本独特の安らぎドリンクを発見したからだ。「葛湯《くずゆ》」の存在と飲み方をぼくに教えてくれたのは、近所のパン屋のおばあさんだった。「マルモベーカリー」は家族経営の小さな店で、売れ筋のアンパンがすこぶる美味しい。その味を早々と覚えたぼくは毎日のように、午前の日本語学校の授業が終わって、夕方の英語教師のバイトへ出かける前に、午後の「一窯《ひとかま》」が焼き上かる時刻を狙って買いに行っていた。その時間帯の店番はだいたいおばあさんで、小銭とアンパンと笑顔のやりとりから、回数が重なってくるとだんだん会話が広がり、「留学生ですか?」「お国はどちら?」「日本の食事は慣れましたか?」という具合に。ぼくのほうからも「カレーパン」や「焼きそばパン」といった、一見エキゾチックな商品の中身をたずねたり、レジのそばの棚に並べられたパン以外の品々についても聞いたり。

ある肌寒い秋雨の日、店の棚に新しく現れた小袋を「何ですか?」と指さすと、それが葛湯の粉だった。雨のせいか、ぼくのほかに客がだれも入ってこなくて、おばあさんは「私の好物です。アメリカにもあるのかしら?」そういいながら棚から小袋を一つ取り上げ、店の奥からポットと湯飲みと割り箸を持ってきて、デモンストレーションさながらに作ってくれた。どんなマジックが飛び出すか、おばあさんの力強い攪拌《かくはん》作業に見惚《みほ》れて、オヤオヤずいぶん粘ってきたなと思ったら、「はい、どうぞ」と手渡された。透明なとろみと仄《ほの》かな香り、控えめな甘さ、口触りも後味もほとんどあっけないくらいあっさりしていて、でも飲んでいると体が内側からポーッと温まり、全身で味わった実感が残る。その日からは、アンパンのみならず葛湯の粉に関しても、ぼくはマルモベーカリーの常連となった。

クズという植物の根っこから採った粉――その程度の基礎知識は後日、やはりお店が暇なときにおばあさんから教わった。だがクズとは何ぞや、英語名は何というか、そのあたりのことは考えもせずに夜な夜な、ただいっしんに攪拌してはすすっていた。そして二年目の冬がきて、ある日ふと気になり出した――おばあさんの「アメリカにもあるのかしら？」という問いに対して、ぼくは「ないですね」と答えたが、北米大陸は広く、果たして断言してよかったのか。どこかにローカルな飲料《ビバリッジ》としてあるかも分からず、念のため和英辞典を引いてみたら、「くず（葛）：kudzu」。

一瞬目を疑い、頭の回路がうごめき出し、ぼくはぐいっとティーンエージャーの記憶の中へ引っ張り込まれて行った。中学二年の夏休みのこと。幼なじみのカークといっしょに、テネシー州の彼の祖父母の農場で三週間ほど過ごした。昆虫を捕ったりトラクターに乗ったり、畑仕事もした。朝早く、カークのおじいさんに連れられて林の向こうのトウモロコシ畑へ歩いていたとき、いきなりおじいさんは立ち止まり、「しつこいヤロウだっ、クソ！」とそこに生えている蔓《つる》を、ポケットナイノで地面すれすれに切って、絡まっている木から豪快に、ますます罵りながらズッヅッと引きずり下ろした。

カークはもうその蔓植物のことを知っているらしかったが、ちょっと驚いたぼくに、おじいさんはこう説明してくれた。「アジアからやってきたkudzuという、ずぶといやつなんだ。放っておくとどんどん増えて、いつの間にか森がおおわれてしまう」。その言葉と、ほかの場所でも目にした蔓延《まんえん》の現場は、今でもはっきり覚えている。

なのにどうして「葛」＝kudzuとすぐにピンとこなかったのか？　恐らく「アジアから」というところが、途中でぼくの頭から抜けていたのだろう。それは無理もなく、テネシーに限らずミシシッピでも、アラバマでもジョージアでも、kudzuがあまりにしっかりと根付いてしまっているので、違和感がないのだ。米国の「南部」、The Southという文化圏をどう定義してどこで境界線を引くかについて、さまざまな考え方と基準がある——例えば「住民の多くが南部訛りの英語を話す地域」とか、「進化論を学校で教えることに三割方の住民がいまだに反対である地域」とか。しかし最近は「kudzuが生い茂る地域」というのが、客観的な尺度として打ち出されていたのだ。

「アジアからやってきた」という言い方は、実は正確さを欠いている。アメリカ人が積極的に輸入して、とりわけ一九三〇年代の南部では広範囲に渡って、土壌浸食を防ぐミラクルプラントとして kudzu が導入された。正に自分で蒔いた種、それが手に負えなくなって、今さらながら「ナラズモノ帰化種」として扱っているわけだ。これは米政府の外交と軍事作戦がたびたびはまってしまうパターンでもある。

　葛なら馬に食わせるほどアメリカにあり、現にその葉を家畜の飼料に使っているところがあるというのに、だれも人間のために葛湯をこしらえようとしない。冬に一時帰国するとき、ぼくは日本の葛粉をスーツケースに忍ばせ、家族と友人に振舞ったり自分で飲んだり、幼なじみのカークにも一回飲ませた。不思議がりはするが、嫌がる者はほとんどいないので、ひょっとしたらマーケティング次第で、広まる可能性はなきにしもあらずなのかも。ぼくはいつも“Hot Kudzu”といってみなに出すけれど、むしろデザート感覚で“Kudzu Pudding”とネーミングしたほうがいいのか。いかにもあなただけのための“Only Kudzu-You”という手もある。

Ⅳ　若きサンタの悩み

共和国の蛙に忠誠を誓う

マーク・トウェーンは「古典文学」をこう定義した——「みんなが褒《ほ》めたたえ、そして実際にはだれも読まない作品のこと」。百余年経った現在では、皮肉というか必然というか、そんなトウェーン本人の著作が、みんなれっきとした古典になっている。そろそろ読まれなくなるころか。褒めたい衝動を抑えておこう。

教科書から漱石も鷗外も姿を消してこのままではニッポンは滅びる！　と、そう言い立てたくなる気持ちも分からなくはないが、しかしトウェーンの言葉が示しているように、古典離れはなにも戦後の日本で始まった現象ではなく、十九世紀末の米国でもすでに世のならいだった。ただ、日常生活がテクノロジーに鞭《むち》打たれ加速するにつれて、先人の名文に目を向けない傾向が、よけい著しくなっているといえよう。

抵抗するためには、読まれなくなっている過去の優れた作品を、まず読めばいいだろう。それからその魅力について語り、折に触れ、人に推薦するのも結構なことだ。また、自分にとりわけピンとくるものを朗読、心底惚れた箇所を暗誦するのも、趣味としては悪くなかろう。ぼく自身、仕事でたまに朗読する機会を得るが、毎回のように、声という伝達手段の可能性について、改めて考えさせられる。

ところが、朗読だの暗誦だのが教育問題の解決策として検討されたり、現代社会につける万能薬のように謳《うた》い上げられたりすると、ぼくはにわかにうたぐり出す。「言葉の感性を培《つちか》うのが目的だ」と、推進派がもっともらしく言い張っても、異議を唱えないではいられない。個人レベルの暗誦《あんしょう》と違って、国を挙げての「暗誦文化」というのは、えてして国民の服従心を培うことが真の目的になっていることが多いからだ。歴史を見ればそれは明白だが、ぼくの場合はそんな歴史を知るよりも前に、ミシガンの小学校で、米国政府推薦の「暗誦教育」を受けた。そして逆効果というべきか、早々と不審の念を植えつけられたのだ――。

デトロイト市のはずれにあったぼくの学校は、よりによって「アイゼンハワー・エレメンタリー・スクール」というネーミング。一年生の教室に五、六列の小さい机が並び、前方に先生の長方形の机がデンと据えられ、背後の壁が端から端まで黒板になっていた。その左上には金具がついていて、そこから旗竿が斜めに天井へと伸びて、厳《おごそ》かに、というよりも埃っぽく垂れていたのが、いわずもがなの星条旗。窓側の赤の縞がピンクに近いところまで色褪せていた。

毎朝、授業開始と同時に、先生も含めてクラス全員で起立、星条旗に向かい、右手を胸に当てて「忠誠の誓い」、米語でいうThe Pledge of Allegianceを唱えたものだ。一年生から六年生まで、どの教室でも執り行われたモーニングのマジナイ。その言葉を今、久々に記憶から呼び出して紙に綴ってみると、意外に短いことに気づく。I pledge allegiance to the flag of the United States of America, and to the Republic for which it stands, one Nation, under God, indivisible, with liberty and justice for all.

時計の秒針を見ながらゆっくりめにいえば、たったの十五秒。在りし日の斉唱はもっと長く、少なくとも一分ぐらいには感じられていた。日本語に直すとこんな具合か――「私はアメリカ合衆国の旗と、その旗が象徴する、すべての人に自由と正義をもたらし、神の下に一体不可分である共和国に対して、忠誠を誓います」。まだるっこさも原文のままだ。

左利きのぼくが、「どうして胸に当てる手は右じゃなきゃだめ?」と母に聞いたのか、それとも「一体不可分」のindivisibleが一体何だと聞いたのだったか、ともかくある日の放課後、親子でおやつを食べながら「忠誠の誓い」の話題になった。そこで母は、自分が小学生だったころに「誓い」に大変な出来事があった話をしてくれた。うちの母も、小学校に上がるとすぐに教え込まれ、毎朝暗誦させられた。やっとすらすらいえるようになり、単語の意味もだいぶ分かってきて「一体不可分」だって怖くない四年生のとき、その文句が変更されたのだ！

一九五四年のこと。時の大統領アイゼンハワーが強力に推した国会決議でunder God（神の下に）が付け加えられた。無神論を掲げる敵国ソ連に断固たる態度を示すため、というのが表向きの目的だったが、本当は国内の学校から左派の教育者をパージするための踏み絵なのではとの見方もある。なにしろ五二年には政府は、われらがチャップリンを共産主義者と見なして追放していた。

調べてみると「忠誠の誓い」が政治家の手によっていじくられたのは、実はアイゼンハワーのゴッドハンドが初めてではない。一四九二年にコロンブスがアメリカ大陸にたどり着いたというが、その四百年記念祭が米国で開催され、組織委員会の委員長だったジェームズ・アップハムは調子づき、イベントのみでは物足りず、自国を褒めたたえる言葉も残したいと考えたそうな。ところが自分ひとりではうまくまとめることができず、知り合いの牧師で教育者のフランシス・ベラミーに頼んで、「誓い」が誕生。

牧師が仕上げたというのに、もともとはゴッドのGの字もなかった点は、注目に値するけれど、さらにもう一つ興味深いのが、出だしも「アメリカ合衆国の旗」ではなく「私の旗」になっていたというところだ。結果的に同じ国旗を指していても、my flag ならば個人によって捉え方が違っていてよかろうと、自由解釈の余地が残る。政府にとってそんな余地があっては困るらしく、一九二四年に、ベラミー本人の抗議も踏みにじって the flag of the United States of America に文句を変えた。アップハムはすでに、一九〇五年に死去、三一年に今度はベラミーが息を引き取り、死人にもリベラルにも口なし状態の五〇年代に入り、いよいよ「神」の手まで差し込まれたわけだ。

もちろん、母が小学生のぼくに話したのは、途中で足されたので自分はいつもそこで引っかかってうまくいえなかったということだけだった。しかしそれを知って、ぼくは見方が変わり、楽になったように思う。

いずれにしろ、四年生ぐらいからは替え唄ならぬ「替え誓い」で、ぼくらイタズラッコどもは斉唱の長さ十五秒を乗り切っていた。「その旗が象徴する」あたりの

for which it stands の調子にちょっと手を加えれば、たやすく「魔女たちの手」の witches' hands に化けるし、「自由」たる liberty の発音を少しごまかせば、いきなりまずそうな liver tea こと「肝臓茶」ができ上がる。flag のエルを抜かすと「タバコ」になり、頭をエイチに替えて hag といえば「意地悪婆さん」に、また「蛙《かえる》」の frog にする手もあった。

思えば毎朝、声に出してギリギリの線まで発音を曲げるあの訓練は、今の自分の語学に役立っているのかもしれない。蛙ならばいつでも喜んで、右手を胸に当てる。

林檎や無花果、アダムの臍

〈アメリカ南部風お化けの見方〉

①夜中に、睡眠中の犬に忍び足で近づきます。

②しゃがんで、片手をそっと伸ばし、人差し指を犬のどちらかの目の中に入れます（ご注意！　犬の目を傷つけると効果がなくなるので、やさしく瞼《まぶた》と目玉の間へ滑り込ませるようにしてください）。

③指先がほんの少し濡れた程度で、すっと手を引いて、怒っているであろう犬に噛まれないように身をかわします。必要に応じて、一目散に退散することも念頭に。

④犬の目から採った「コート」（coat＝膜）を、指先が乾かないうちに、今度は自分の目の中に入れます（ご注意！　目を傷つけると効果がなくなるので、やさしく瞼と目玉の間へ滑り込ませるように）。

⑤目を少々パチクリさせた上で、覚悟を決めて戸外の闇夜に出ていきます。ハイ、これであなたはたくさんのお化けを見ることができるでしょう。引き裂かれたりしないように、くれぐれもお気をつけください（良い子のみなさん真似をしないでください）。

以上が、むかしから米国のディープサウスに伝わるゴースト・ウォッチングのための、一つのメソッドだ。ぼくはカナダに近い北部で生まれ育ったが、小学生のころ、釣り小屋で夏のある夜、父の友人が子どものぼくらを楽しませようと、怪談の前置きとして語ってくれた。

メイド・イン・ドッグの目薬で、一夜の間だけ、ふだん見えない化け物がみんな見えてきて、肝を潰《つぶ》すこと間違いなし——そういった謳い文句だったけれど、本当に効果があるかどうか、ぼくは試したことがない。暖炉のそばでぐっすり眠っている飼い犬のミッキーを眺めて、人差し指がちょっとムズムズすることは、なきにしもあらずだったが。

それでもずいぶん長い間、眼科的に好ましくないその話を、ぼくは忘却していた。記憶がよみがえったのは、来日後しばらくしてから、「目に入れても痛くない」という日本語に出くわしたときだ。なにしろ、人がもうひとりの人間を苦もなく自らの眼球に詰め込んでいくこのイディオムを、真に受けて映像的に思い描くと、怪談染みたシュールレアリズムを醸し出すのだから。あえて比較すれば、犬のコートのほうが、ダメージが断然少なそう。

「目に入れても痛くない」に相当する英語も、考えてみるとこれまたシュールで、なかなかふるっている。the apple of my eye =「わたしの目の林檎《りんご》」。例えば、娘が可愛くてしょうがない場合、My daughter is the apple of my eye. となり、相手に直接いうのならYou’re the apple of my eyeだ。この言い回しは、旧約聖書から出てきたものだが、ぼくはなんとなく、「禁断の果実」関連であろうと思い込んでいた。「ゴッド様にダメといわれても、矢も盾もたまらず、エデン追放もなんのその、とにもかくにも大好き」みたいな、きっとそんな発想がベースにあるのだろうと。

ところが読み直してみれば、「創世記」ではなく、もっとあとのほうの「申命記」と「詩篇」と、それから「箴言《しんげん》」にも見られる表現だ。目の林檎は、エデンの園に生えておらず、アダムとイヴとも無関係。おまけに「創世記」には、林檎のリの字も出てこないのだ。園のまん中に「生命の木」と隣合って植わっている「善悪を知る木」の実を、食うべからずと神ヤハウェから禁じられる。うまそうなその実を、蛇にそそのかされてついつい味見。すると効果覿面《てきめん》、自分たちの裸にハッと気づき、アパレル業界はここからスタート。だが、その禁断の果実は林檎じゃなしに杏《あんず》、あるいは柿か梨かパパイヤ、でなければライチーの実だったかも分からない。旧約聖書はそのあたりを、めいめいの好みと想像に任せている。そしてapple of my eyeは、どうやら「瞳」を意味する比喩のようだ。

人類初の衣類となった「腰巻き」のほうは、「無花果《いちじく》の葉をつなぎ合わせて作った」と、植物の種類が明記してある。手のひら状のその葉を二、三枚軽く編んでチラチラ見えるようなデザインにしたのか、それとも何枚も束ねてフサフサのボリュームを出したのか。興味をそそられるところだが、ヨーロッパの画家たちはなぜかアダムとイヴのリーフ・ファッションの描写には、あまり力を注がなかった様子だ。有名な『グランヴァアル聖書』の挿絵で二人は、それぞれ片手に握った葉っぱでモゾモゾと隠しているだけだし、マザッチオの力作『楽園追放』は、まるで絵を完成させてから「あッ、いけねぇッ！」と慌てて補筆したみたいな感じ。ミケランジェロときたら、素っ裸のままで園外へ追い出している。デューラーの版画なら一応、葉も緻密《ちみつ》には描かれているけれど、「つなぎ合わせて」あるというよりも、枝付きのままピタッとアソコに貼られたふうな。

おろそかにされがちな腰巻きに引き換え、アダムとイヴの腹部は、入念に描写されていることが多い。中には、皮下脂肪を後世がきちんと量れるように配慮したのでは、と思える絵さえある。無論、ひっこみ臍《べそ》か出臍かも一目瞭然。マサッチオのアダムはちなみに、やや出臍気味だ。

蛙が好きで、子どものころしょっちゅう捕まえたり観察したりしていたせいか、ぼくはアダムとイヴの臍がたいへん気になる。「創世記」によれば、神ヤハウェは大地の塵《ちり》をかき集め、土人形の一体をこしらえて、その鼻に息を吹き込んで命を与えたらしい。そうやって生まれたアダムを、ヤハウェはまた後日、いったん昏睡《こんすい》状態におちいらせた上で、あばら骨を一本引っこ抜いて、今度はそれを培養してイヴを創造。

ということは、二人とも臍の緒の世話に、まったくならずにできあがった。つまり、彼らは本来、蛙同様の臍無しであったはずだ。「創世記」の宗教画はみんな間違っている。「実際に臍がなかったにせよ、まあ、臍を描くのは画家の表現の自由の範囲内」――そう考える人は少なくないだろうけれど、気前よく臍をばらまくのなら、蛇にも施してやらなければ筋が通らないとぼくは思う。

マーク・トウェーンは、アダムのことを羨《うらや》んでこう書き残している――「なんて幸せな男だろう！　うまいことを思いつけば、ほかの誰かがそんなことをすでに言ったんじゃないかなどと少しも心配せずに、どんどんしゃべれたのだから」。

はじめに言葉ありき。そして、言葉の世界には、確かに早い者勝ちの部分がある。しかし、表現者として心配も遠慮もいらなかったアダムとイヴには、反対に、うまく使うことのできない、一種の「禁断の言い回し」もあったのではないか。例えば、まず「臍の緒を切ってからこのかたこんな暑い夏はなかった」とか、「臍繰りがけっこうたまった」とか。二人は、一度も臍で茶を沸かさずに終わったということも。

さらば新聞少年

新聞の勧誘くれば日本語の
ニの字も知らぬガイジンとなる

この手口はぼくの、いってみれば一種の特権だ。新聞に限らず、その他もろもろの勧誘に対しても効力を発揮する。けれど、新聞勧誘を題材に詠《よ》むことにしたのは、その相手がほかよりどこか身近に感じられるからだろう。

このぼくも、実は高校生のころ、オハイオ州で新聞配達をやっていた。そして担当地域（住んでいた近所がそれだったが）での集金・勧誘も一手に引き受けていたのだ。

当時すでに夜更かしの癖がついていたぼくにとっては、配達のための早起きは辛いものだった。でも夕方の勧誘なんぞ、それにもまして辛苦。「いらん」と思っている相手に「いりませんか」と何かを売り込むのは、どうも性に合わず、言葉に詰まったりうつむいたり、セールスマンは将来とても勤まらないなぁとつくづく思ったものだった。そんなぼくを哀れむようにして、購読してくれた人も中にはいたが。

集金という作業も、辛いときがあった。例えば、自分が大それた寝坊をしでかし、購読者からの怒りの電話で起こされた、その直後のときなどは。だが思えば、集金は有意義な経験でもあった。帳面をつけたり決算したり、また遅れた言い訳を考えたりする経験は特に、いま編集者とのやりとりの中で役立っている。

年月が経つにつれて、早起きのキッサの記憶が薄れ、そのかわり、朝露に濡れていく運動靴のひんやりした履き心地、早朝の空気に響くゴジュウカラやヒワの鳴き声などは、鮮明によみがえってくる。ぼくの「担当地域」は家と家が離れていて、木立を通り抜けるところも三か所ほどあったので、自転車を使うとかえって遠回りに。いつも六十数部を背負って、えっちらおっちら配達するのに一時間以上はかかったものだ。寝坊さえしなければ、鳥と栗鼠《りす》にしか会わない、澄んだ時間帯。たまには午前様のアライグマとすれ違うこともあったっけ。

大学を出てすぐ来日して、最初はTOKYOのなにもかもが珍しかった。着いた翌々日だったか、時差ボケで夜中に目が覚め、泊まっていた「外人ハウス」をそっと抜け出して寝静まった街を散策。路地に迷い込んだり、自動販売機の多さに驚いたり、駅前で生まれて初めての牛丼を食べたりした。そのうち夜が白々と明け、自転車に乗った新聞配達の青年とすれ違った。「日本もやっぱり朝早いんだ……家がこう密集してると楽かも」――なんだか羨ましく思えた。「でもこの道の迷路を覚えるまでが大変だろうなぁ……」

その後アパートに移り、家具がまだほとんどないうちに、新聞勧誘のおじさんがやってきた。片言の日本語で「勉強ノタメ新聞トリタイ」とどうにか伝えると、ぼくをケナゲに思ったのか、満面に笑みを浮かべて洗剤を五箱もくれた。

ところで去年の暮れ、オハイオ州へ帰り、着いた翌日はやはり時差ボケで夜明け前に目覚めた。新聞が届いているか、メールスロットを覗いてみるとまだだ。湯を沸かして紅茶を淹《い》れ、それからリビングの窓のそばに腰かけて、現在どんな男子あるいは女子がえっちらおっちら配達しているか、じっと待って見てみることに。

紅茶をちょうどすすり終わったとき、青いセダンが家の前に止まり、小太りの中年男が運転席から、新聞を片手に降りてきた。そしてそれをメールスロットに差し込み、車に戻って走り去った。後で母に聞いてみると、十年ぐらい前から新聞配達はだんだん大人の仕事に変わっていき、今や「新聞少年」は過去の風物になりつつあるという。

露に濡れた靴がキュッキュッと鳴り、手がインクで真っ黒になった在りし日の、朝の記憶がにわかに、貴重なもののように思えた。

若きサンタの悩み

ぼくのところへ舞い込んでくる「日本語の仕事」は、果たして何割くらいが「鳥無き里の蝙蝠《こうもり》」という類いだろうか。つまり、ほかに手ごろな、そしてスケジュールのやり繰りのつく「日本語のできる米国人」がいないがために、こっちに依頼がくるのか。

プロ野球ほど明確でないとはいえ、「日本語の仕事」の世界にも「外人枠」があるみたいね、と妻はニヤリとする。仕事をありがたく思うのといっしょに、いざ自分が枠内へはめ込まれるとなると、これは「Aがいい」ので頼まれたものか、「Aでいい」というものなのか、少々気になる。

もちろん、仮に後者であったとしても、最善を尽くし、「で」を「が」に変えていかなければならない。それに、実際は前者と後者の、どこか中間あたりから発生するものが大半を占めているかもしれない。けれど中には、明らかに「蝙蝠タイプ」の仕事がある。例えば、毎年十二月に請け負っているサンタクロース役。

母国アメリカにいたら、サンタ関係でぼくに声がかかるということは、まずあり得ない。たとえ無料奉仕でも。いや、サンタ仕事の口は、日本に比べて何倍も多いけれど、資格というか、その最低の条件も比較的きびしいのだ。歳をある程度取っていなければいけないし、でっぷりとした体つきも必須。それから白髪と、願わくは髭《ひげ》も天然ものが望ましい。量感のある声でのホーホーホーッ！　も欠かせない。さらに欲をいえば、歯並びのよいことや、口臭の少ないことなど。

ぼくの歯並びは、ひょっとして、合格ラインに達しているか。ちゃんと磨いておけば、口臭も大丈夫だと思う。趣味で謡曲をやっているので、いささか和風ではあるが、腹の底から大きなホーホーホーも出せる。しかし、肝心の恰幅《かっぷく》が、まるでなっていない。髪の毛も、まだシラガは無し。どんなに伸ばしても豊かなサンタ髭は、無理というものだ。

いうまでもなく、染髪と付け髭という手はある。が、特に髭の場合は、ナチュラルの効果が大きい。ぼくが生まれ育ったデトロイトでは、十二月になると各デパートやショッピングモールにサンタのコーナーが設けられ、大きなビロード張りの椅子に、先の条件を満たしたおじさんが腰を据えて季節労働していた。子どもたちを順々に膝の上にのせ、「今年は良い子だったかい」と確認、それからプレゼントの要望を聞き出す。そばに立つ親も、やりとりの一部始終を耳に挟む。

中でもデトロイトの「ハドソンズ」というデパートで働いていたサンタさんは、絵に描いたような見事な髭をたくわえていて、町の評判になっていた。本物のサンタがいるとしたらあのおじさんに違いない、という噂までぼくら子どもたちの間で囁かれていた。いま考えると、彼のあの髭はハドソンズ社の発展に与《あずか》って力があった、といっても過言ではなかろう。

さて、瘦軀《そうく》の二十三歳のぼくがどうしてサンタクロースになったかというと、きっかけは習字だ。九〇年六月来日、池袋に住み着き、三カ月くらいしてから、近所に習字教室があると知り、門をたたいてみた。根岸治子先生はこころよく迎えてくれた。ほかの生徒は、ほとんどみな小学生で、ぼくが断然の最年長。けれど先生の明るい笑いと、特別扱いをしないポリシーのおかげで、すんなりと仲間入りできた。先生の姪の瑠美ちゃんは、当時まだ幼稚園児だったが、ぼくの隣にちょこんと座って、ぼくより断然いい字を書いていた。

九〇年の、たしか十一月の最後のレッスンだったか、瑠美ちゃんのお母さんが見えて、ぼくにお願いがあるという。隣の部屋へ招かれ、お茶と煎餅《せんべい》を出され、そしてそのお母さんは子どもたちに聞こえぬよう、低い声で「たんぽぽクリスマス会」の話を切り出した——毎年、池袋図書館の二階で開かれ、人形劇と短い映画上映の後、クライマックスとして「サンタさんの登場」となる。しかし、児童館の男の先生がやるとバレるし、図書館のおじさんがやっても子どもたちはなかなか信じてくれないし、もし本場のサンタがきてくれればすごく盛り上がると思うけれど……。そんなわけで、筆もつ米国人に白羽の矢が立ったのだ。相手の熱意に負けて、詳細も聞かずに頷《うなず》いてしまった。

当日、日本語学校が十二時に終わって、少しでも恰幅を出そうと昼飯に天丼を食べ、部屋に戻ってちょっと「ジングルベル」の練習。開演直後をねらって二時半すぎに図書館入り。貸し出し担当の女性が、二階の物置兼控室まで案内してくれた。赤と白の上着と帽子、赤一色のズボン、黒のベルトと長靴、ゴムバンドでとめる白い髭——お決まりの衣装がきれいに並べられ、ぼくを待ち受けていた。

さっと着替えて、鏡で己のサンタっぷりをチェック。見れば見るほど、不安がじわじわと込み上げてくる。こんな若造のもろ付け髭のフェイクサンタ、だれが相手にするか……。「サンタさん、どうぞ」司会者の合図に従って、おっかなびっくり入場してみれば、五十人ばかりの幼稚園児から一斉に「おおッ！」という驚嘆の声が沸いた。中には「ガイジンのサンタ！」とか「ホンモノ！」と面食らう子も。みな信じているというオーラに包まれ（後で聞いたら瑠美ちゃんだけ、うすうす怪しがっていたらしいが）、こっちもにわかに調子が出て「ジングルベル」を大声で唄い、その勢いで陽気な「サイレントナイト」もやらかした上で、ホーホーホー！と図書館員のお手製のプレゼントを配りまくった。

盛会のうちに終わり、スタッフとともにクリスマスケーキをご馳走になり、「来年またぜひ」といわれて、「はい、よろこんで」と返事した。それからというもの、スタッフが変われど、こっちが引っ越せど毎年頼まれ、今年で、はや十二回目。二回目からは日本語で、司会のお姉さんとインタビュー形式でのやりとりが加えられ、四回目にはそれが「サンタにききたい」という質疑応答コーナーに変わり、いまや一番盛り上がる山場となっている。どんな質問が飛び出すか、毎回どきどきものだ。「どこに住んでるの？」や「どうしてプレゼントをそんなにいっぱい運べるの？」など、スタンダードなものも出るけれど、「サンタってお風呂に入るの？」とか

「きょう、なに食べた?」のような、即物的な直球もくる。また、ごまかさざるを得ない「ぼくの手紙ついた?」も。さすが違法駐車のジャングル池袋の子たらだ——「ソリはどこにとめたの?」と聞かれない年はない。「サンシャインシティの屋上」だの「雑司ケ谷墓地の中」だの、毎年違う場所にパーキングするように心がけている。いままでの中で、特にふるっていたクエスチョンは、例えば「トナカイってどうしてかわいいの?」——これが出たときサンタは赤い帽子の上から頭をかき、「……トナカイの角をよーく見ると、桃の皮みたいに、やわらかい産毛が生えていて、それがとてもかわいいんだ」と。

「たんぽぽ」をやらないとクリスマスがこない、図書館で普通に本を借りるときでも「サンタさん」と呼ばれたりするぼくだが、一度はやめてしまおうかと考えたことがある。七年目の会がはねた後、その足で駅まで行ったが、「ケンタッキー」北口店の前でカーネルサンダースに出くわした。いわずもがな、こっちがさっきまで着ていたのとそっくりの衣装で、彼も決めていた。子どもをねらう大企業の世界的なコマーシャリズムの片棒を、自分も担いでいるのではと、山手線の電車に揺られながら考え込み、渋谷に着いたときは、すっかり自己嫌悪に陥っていた。

そもそも「サンタクロース」は聖ニコラスという、四世紀のトルコで司教をつとめた人物のニックネームだ。ギリシア正教の数ある聖人の中で、飛び抜けて人気が高く、中世には西欧のカトリック教でもブームが起こって子どもや学生の守護聖人となった。彼専用の祭りも、各地で十二月五日に開かれていた。

そんなニコラスがクリスマスと結びつけられたのが、ずっと後の産業革命のころらしい。そして現在の、でっぷりした好々爺《こうこうや》のサンタ像ができ上がったのは、なんと一九三一年。コカ・コーラ社の冬のキャンペーンを頼まれたサンドブロムという画家が、イメージキャラクターとしてでっち上げたのだ。コカ・コーラ公式商標の色に合わせて、赤と白で――。

そういった経歴を、ぼくはなんとはなしに知っていたが、サンタ・カーネルと遭遇した翌朝、図書館であれこれ調べて、やっぱりそうかとますます自己嫌悪。その夜、何か解毒剤はないかと部屋の本箱を漁《あさ》っていたら、『小熊秀雄詩集』があった。

小熊の長篇叙事詩に「飛ぶ橇《そり》」という、躍動感とスリルあふれる傑作がある。一九三五年に出版され、樺太《からふと》が舞台。主人公はアイヌ人の「イクバシュイ」、日本名「四辻権太郎」だ。髭は真っ白でないし、彼の橇を引くのはトナカイではなく、十数匹の犬。が、権太郎の世界観と、環境との接し方、犬たちとの関係、若い山林官との関係もまったく、太っ腹の愛情と勇気に満ちている。読み直しながら、ぼくは決め込んだ――ホンモノのサンタがいるとしたら権太郎だ。

以来、毎年の役作りは「飛ぶ橇」を再び読み返すことから始まる。衣装が赤と白であっても、ぼくの心中はイクバシュイ色に染まっている。「サンタにききたい」コーナーでも、いまは権太郎のつもりで答えようとしている。

おととしの会から、絵本読み聞かせのコーナーも新たに加えられ、今年は『はらぺこあおむし』を取り上げる。「飛ぶ橇」は長すぎるかもしれないが、いつか小熊の童話でも、というのが密《ひそ》かなもくろみだ。

年の市ティッシュを配るサンタいて

メモをする男、砂漠を行く男

ぼくはむかしから、何か思いついたり気になる言葉を見つけたりすると、すぐ控えておきたくなる。ノートかメモ用紙、キャンディーやガムの包み紙、場合によってテーブルナプキンも使って。手頃なものがそばになく、あるいは取り出すのが面倒なときは直接、手のひらに書き付ける。親に「その手、洗っておいで」といわれたおびただしい回数の何割かは、モトをただせばハンド・メモが原因だった。

成人してもその癖は直らず、それどころか大学卒業後、来日して日本語に熱中すると、ますます拍車がかかった。東京中、どこを見てもメモりたくなる「新出語」がチカチカと目に映り、ちょっとそこまで惣菜《そうざい》を買いに行くだけで、手のひらがびっしり漢字と仮名で埋まってしまう。前腕へと溢れ出ることもあった。しかも、うまい具合に、半年も経たないうちに、ハンド・メモを書き留めるためのスペースがグッと倍増したのだ。

ぼくはギッチョなので、「手のひらに書く」といえばそれはつまり左で筆記具を持ち、右手が紙の代替をするということだった。けれど、習字を習い始めると、「もし無理でなければ……」と右手で書くよう、先生にすすめられた。試してみたら、逆にその不思議な、まっさらな感覚が、教わる文字の新鮮さとあいまって週に一度、毛筆を右手に持つ時間は心底わくわくするものだった。少し慣れてくると、ボールペンだって右で使えるようになり、ある日ふと気がつけば、左手もメモ用紙代わりに使っていた。

それから数年の間、ぼくの手のひらは左右を問わず、ほとんど耳なし芳一状態。だれも「洗っておいで」といわなかったし、手のひらのどこに書くかによって、実は洗わなくても摩擦で早く消えるところと、そうでないところがあるのが分かった。自転車のハンドルを握ったり、カバンを持ち歩いたりすると、その差は著しい。当時のぼくの、毎日の日本語習得は、手のひらのそんな「力学」と密接につながっていた――初めて出くわす言葉を、朝から次々とハンド・メモに付する。一見、いきあたりばったりに見えるが、実は難度を考えた上での作業だ。覚えやすそうなものを摩擦の多い位置に、一筋縄ではいかなさそうなものは消えにくい窪《くぼ》んだあたりに。

そしてどの語句も、読めなくなる前に頭に入力する。それが「締切」。

風呂無しの六畳間に住んでいたので、夜な夜な銭湯へ出かけたが、その入浴時が言わば最終的な「締切」、習得のラストチャンスとなる。全身を流して、洗髪も済ませ、浴槽につかったあと、カランへ戻って、石鹸を泡立てたタオルで微かな痕跡まで消し去り、手のひらをいったん「白紙」に。四字熟語など呪文のように唱えて擦《こす》ることがあって、周りからは恐らく、おかしなガイジンに思われていたろう。

その「周り」には、入れ墨をしている男性も、ときおり交じっていた。ぼくは横目で盗み見たり、また鏡の中でこっそり鑑賞したものだ。最寄りの「三鈴湯」で一度だけ遭遇した、大きな迫力満点の鯉の入れ墨は、とりわけ印象深かった。きっと腕のいい彫物師の作に相違なく、その男の流すシャンプーの泡々の滝をまるでめげずに登ろうとしている様子で……それぐらい優れた絵だったら、いつか……と一瞬興味がわきそうになり、だが次の一瞬、自分の手のひらにまだ残っていた字の線を見て、消せることのありがたさを思った。

マンハッタンで運送のバイトをやっていた二十歳のころ、仕事仲間のひとり、ラモーンが入れ墨を入れてもらうというので、「タトゥー・パーラー」までいっしょに行ったことがあった。ずんぐりした、白髪交じりの長髪の男が、入り口でぼくらを迎えてくれた。自らの身体で練習を重ねたのか、露出している膚《はだ》の七、八割は入れ墨。ラモーンはすでに約束していたらしいが、男はぼくを見て「そっちも？」と聞いた。「いや、ぼくは、見ているだけ」と後ずさり。笑われた。

電動針で、驚く早さでラモーンの左の二の腕に彫られたのは、ややヒスパニック系のマーメイド。壁にかけてあった下絵とまさに瓜二つで、文句なしの出来映えだった。それからというもの、ラモーンが力こぶを作るたびに、人魚はヒップと尾鰭《おひれ》をくねらせ、あだっぽくしなを作って、職場を大いにわかせた。みんなの笑いにぼくも加わったが、もし自分の腕だったらそろそろ、見飽きているころかとも思う。

言葉ならなおさら、飽きが早いかもしれない。母語のイングリッシュはもちろん、ビジュアルなバラエティーに富んだ日本語でも、きっと数日で食傷。そう考えると、今年の春に自分がやらかした翻訳の一件が、少々気になる――。

以前ヨーロッパの雑誌の仕事で、メールで原稿のやりとりをしたことがあったイタリア人編集者アレッサンドロが、ある日突然、電話してきた。「あさってまで東京にいるけど、できたら、お願いしたいことがあって、どこかで一時間ばかり……」。彼が泊まっていた渋谷のホテルのカフェで、会うことになった。

彼の背は百八十センチ前後、ほどほどに痩《や》せていて、一見とてもカジュアルな服装だが、よく見ればこれがミラノ・ファッションの先端。てっきりその「お願い」は原稿依頼だろうと思ってたずねてみると、トランスレーションが必要だという。「これだけど……」とポケットから取り出したのが、ホテルのメモ用紙。そこにはこんな英文のワンフレーズがあった。“man who walks through the desert to the sun”アレッサンドロいわく、数カ月前、ひどく行き詰まっていたある夜、太陽を目指して砂漠の中をひたすら歩いている夢を見て、目が覚めたらスーッと、これから生きて行く道が開ける気がした。そのありがたい夢をなんとか形にしてとどめておきたいと、あれこれ考えた末、日本語にして尻に入れ墨を彫ってもらうことに決めた。

この十数年、ぼくは実にさまざまな翻訳をやってきたが、入れ墨のテキストは初めて。ナプキンにざっと訳して、それから彼の原文の下に、読みやすい楷書《かいしょ》で清書した。ただ「だれかいいタトゥー・アーティストを、もし教えてもらえたら……」という、彼のもう一つのお願いに、ぼくは答えられず、「彫長《ほりちょう》あたりが有名だけど」が関の山だった。

結局、日本で彫ってもらうことは諦めて、帰国してからイタリア在住の日系人彫物師を探し当てたらしい。そこで、和訳文の「ファイナル・バージョン」を送ってくれないかと頼んできた。縦書きと横書きと両方プリントアウトして、妻の感想を聞き、画数が多いほど痛かろうことも考慮に入れてやっと、「太陽に向かって砂漠を行く男」に決定。

その拡大コピーを国際便にのせてから、どうして日本語なのかと、遅ればせながら不思議に思えた。異国情緒？　日本の彫物文化への憧れ？　文字の造形美？　それとも、知らない言語なら見飽きることがないとふんだのか……。ともかく、ミスプリ無く彫られていることを願おう。

散髪と白菜と

ぼくらの台湾行は、ニューヨーク行から始まった。というよりも、ニューヨーク行欠航からだ。九月十二日の東京発NY行の便を予約していた妻とぼくは、その前夜、少し慌てるようにして荷造りを開始。二時間かかって、大きめのスーツケースと中くらいのバックパックに、パンパンではあったが二人のものが収まった。やれやれ、残るは鈴虫の依託だ。

わが家では、水槽に土を敷いて鈴虫をわんさか飼っている。が、雄たちのリンリン口説きまくりの夏が終わり、九月十一日の時点ではその大半がすでに世を去っていた。ただ、それに引き替え、むしろ初秋のほうが本番という雌たちは、五十匹態勢で黙々と卵を産みつけている最中だった。こんな人事な時期に十日もの間、餌を取り替えず霧吹きもせずにほっぽらかすわけにはいかない。近所の友人に、前もって事情を説明して頼み込み、面倒を見てもらう約束を取りつけていた。

「さて預けてくるとしようか」と、ぼくは水槽を両腕に抱え、夜型の友人宅まで運んでいった。オメデタの虫マダムたちを驚かさぬよう、すり足でゆっくりと。そしてベルを鳴らして「お邪魔しまーす」と上がり込んでみると、一家はみんな居間のテレビに釘《くぎ》づけ。かん高い声で奥さんが「ニューヨーク……大変なことになってねー！」――水槽を持ったまま、ぼくも画面を前に立ちすくみ、そのうち二機目が突っ込んでいった。

一応預けるだけ預けて、走って家に戻り、それまでちっとも知らないでいた妻と二人、テレビに釘づけ。eメールと、なかなかつながらない電話で、アメリカにいる家族たち、親戚友人知人の安否確認。

翌朝、旅行会社からの電話で起こされた。いわずもがな「飛びませんので――」。またまたメールを開いて、安否確認作業の続き。午後になって、鈴虫を引き取りに再び友人宅へ。

それから数日、アメリカの愛国心の異様な高まりと、まるでサーフィンするかのようにそれに乗るニッポンをニュースで見ながら、妻と二人でキムチ鍋をつついていた。するとと彼女は、「台湾へいこうか」とつぶやいた。

実は前々から、かの有名な「翡翠白菜《ひすい》」を一目見ようという、極めて単純な台湾旅行プランがわが家に転がっていた。けれど、ぼくの母国ということもあって米国のほうについつい用事ができてはそっちへ出かけ、故宮《こきゅう》博物院は後回しにされてきた。こんな大変な時期なのに……でもこんな時期だからこそ、星条旗と日の丸を離れて翠玉《すいぎょく》の美に触れようと、思い切って予約を入れた。鈴虫ベビーシッターを頼まずに済む三泊四日の日程だ。

「飛行機が取れました」と確認の電話をもらった九月十六日の夜、今度は台風十六号が台湾を直撃。基隆《キールン》付近に上陸して、台北《タイペイ》市山間部で千二百ミリという想像を絶する豪雨を降らし、三日間もかけて徐々に南下しながら被害を全島に広げ、死者行方不明者は百人を超えた。遊びにいっている場合じゃない……とも思ったが、いや、こんな場合だからこそと、決行することにした。

夕暮れどきの中正国際空港に到着。五つ星の高級ホテル「晶華酒店」へ向かうリムジンバスに飛び乗り、一時間半、そこから三ブロックほど離れた安宿の「金府大飯店」までスーツケースを引きずってチェックイン〟顔を洗って歯を磨き、さっそく夜の街を散策。南京東路を渡るとネオン輝く繁華街があり、踏み入った途端、ぼくの目に飛び込んできたのがBARBER SHOPと書かれた看板だった。「理髪店」と漢字も併記。

ここ数年、旅先で髪を切ることがぼくの習慣というか趣味というか、各地のヘアカットを自分のヘッドでコレクションしている。妻は記録係としてシャッターを押してくれる。台北散髪体験も、最初から狙っていたのだ。「よし、刈ってもらうか」。だが、店を覗いてみると、ほの暗い入り口にダブルのスーツを着てサングラスをかけた大男が立っていて、奥ではL型の赤いソファにミニスカートをはいたメイクばっちりのお姉さんたちが五、六人、腰かけて待機している。

看板にいつわりの気配を感じて道路へ後ずさり、少し足早に歩くと、もう一軒の「理髪店・BARBER SHOP」が反対側に見えた。近づいて覗き込めば、なんとここも同じ怪しげなタタズマイ。奥のほうの、露出度の高いお姉さんたちの人数がさらに多く、外の歩道ではドラム缶に火が焚《た》かれ、やはりサングラスとダブルで決めている男たちがそれを囲んでいる。

小一時間の散策で計六軒の「理髪店」と名乗る店に出くわしたが、どこもヘアカットらしきサービスを行っている様子など毛頭なかった。しかしまあ、こんな隠語があったとは。日本語で考えるならば、「床入り」するので「床屋」といったロジックが成り立つことは成り立つけれど、中国語ではなぜ「理髪」でこうなるのか？まさか最後に、仕上げとして下の毛髪を整えてくれるとか……いろいろと想像をたくましくしたが、一番気になった疑問は、「理髪店」イコール「ソープランド」なら本当の理髪店は何と呼ぶのか？

明くる日、その疑問が解けた――理髪店も「理髪店」である。朝から二人で中山北路をぶらぶらして、錦州街の近くに古い市場を見つけて見学、それから裏通りに「来来理髪」という疑いのない、正真正銘のバーバーショップを発見。昼どきで、客がいなくて、初老の理髪師は二つある椅子の片方に座ってテレビを見ていた。ぼくらが店先に立っていると、気づいてその椅子をこっちに譲る形で迎えてくれた。店の奥の、カーテンで仕切られた小部屋から、エプロンをした奥さんらしき女性が顔を出した。

英語も日本語も通じなかったが、ジェスチャーと哭いで三センチほど落として欲しいことが伝わり、値段のほうは、ペンを渡して書いてもらった――二百五十元――というと、千円もしない。チョキチョキが本格的に始まると、間もなく店の奥の流しで、奥さんが何かジャージャーと洗い出した。好奇心がわき、でも振り返ることができず、鏡の端で見ていると鮮やかな緑がちらちらして……そばに立っている妻に聞くと、どうやら菜っ葉みたいだという。

洗い終わると、奥さんはこっちの後ろを通って店先にあるガスコンロまで菜っ葉を運び、どこからかまな板と包丁が現れ、やがて中華鍋も出てきた。そして申し合わせたかのように、理髪師がすき鋏に切り替えたのと同時に、二メートルばかり離れた店先で野菜炒めが豪快に開始された。

襟足が整ったころには、料理もちょうどでき上がり。そこで、理髪師大妻は昼飯にし、ぼくらは故宮へと向かった。白菜を見に。

＊

この数カ月、立て続けにいろんな〝威力〟を見せつけられてしまったが、中でもぼくが、恐らく人一倍面食らったのは、日本語の威力だ。

あるいはひょっとして、面食らったのはぼくひとりだったろうか。日本の日付が九月十二日に変わるか変わらないかの早い段階で、すでに「米中枢同時多発テロ事件」という言葉ができ上がっていた。この贅肉《ぜいにく》のない、たった十一文字のシマリ具合といい、含んでいる情報量といい、緩急よろしきを得たリズムといい、たいした名称ではないか。いかめしい漢字がぎっしりと組んだラインの中へ、バレリーナのごとく軽やかなステップでカタカナが登場。と思ったらまた、しかるべき重みを持った漢字の対が、しっかりと結びの大一番。

アメリカ発の、パトリオティズムぷんぷん報道をそのまま、ただ「○○○による」を添えて、垂れ流すことに明け暮れたニッポンのマスコミだったが、事件のネーミングに限っていえば、米側を優に凌駕《りょうが》した。向こうは、正確さを重んじてSuicide Plane Strikes on the World Trade Center and the Pentagon と長たらしい呼び方をしたり、ATTACK ON AMERICA と大ざっぱかつヒステリックに打ち出したところもあった。また苦し紛れに September 11, 2001 とか 9-11-01 とか、数字で思わせぶりのテンションを醸し出そうとしたメディアも。けれどみんなイマイチだった。

そんな見出しが紙面や誌面から、まだ完全には消えないうちに妻と二人で台湾へ出かけ、そこでまたぞろ、ぼくは言葉の威力に面食らった。台北の町を歩いていると、見慣れた公式商標のデザインと配色の看板が、数多く目に飛び込んでくる——ファーストフードやコンビニ、デパート、種々のブランド名。けれど横文字か仮名が表記されるはずの位置に漢字が鎮座していると、こうも違うのか！

例えばKFC®。どこにでもあるようなケンタッキーフライドチキンが南京東路沿いに建っていた。店先に突っ立っているテカテカのじっちゃんも、眉毛の濃さまで同じ。だったが、彼の頭上の看板には大きく「肯徳基」と。歩道に立ち止まり、ぼくはその三文字の日本語の発音を呟き、そして早く繰り返して強めの促音《そくおん》を加えてみたら、だいぶ「ケンタッキー」らしくなった。これまでの人生の中で、カーネルサンダース像には、おびただしい回数お目にかかっていたが、一度も〈威厳〉を感じたことはなかった。しかし肯徳基となると、聖徳太子と基督《キリスト》を同時に髣髴《ほうふつ》……または新興宗教めいて、「チキンは最高ですか？」とでも聞いてきそうな。

三ブロックほど離れた中山駅のそばに、内装が真っ白な眩《まぶ》しい時計屋があった。覗くとROLEXのディスプレーがドンと。ロレックスには、手が出ない高級ブランドといったイメージしかなかったが、でっかい明朝体で「労力士」と併記してあると、なんだかトラディションの重みも感じられてくる。本当は労を惜しまぬスイスの職人のそれだろうけれど、角界の伝統の印象も加味され、まったく妙な融合体になるのだ。

そういった〈漢字イメチェン〉を台北のあちこちで体験してからホテルへ戻ってテレビを点けると、「ドラえもん」が中国語で「のび太」くんを叱っている。ベッドに腰を据えて、「翻訳蒟蒻《こんにゃく》」を思い浮かべながら観賞。クレジットの中で「多拉A夢」という摩訶不思議《まかふしぎ》な四字熟語が繰り返され、二本目のタイトルでも目立ち、「あッ、ドラちゃんのチャイニーズだ!」と悟る。Aが漢字のラインに入ると、これまたインパクトが強い。英字だって捨てたものじゃない。

そういえばミシガンのスーパーでも、いつか思い知らされたことがあった。レタスをどれにしようかとベジタブル・セクションで迷っていると、隣の仕切りの中に白菜が積んである。かなり小ぶりのやつで、値札を見ると「NAPPA 79¢」。一瞬目を疑って、それからセロリ物色中の妻を呼び、「菜っ葉か!」と盛り上がって買って帰った。自宅のディクショナリーにもfrom Japanese "nappa"と語源まで明記。英語になると、音の楽しさに加え、字面も白菜の葉の重なり合う様子とダブり、漢字とも仮名とも一味違う。

何をかくそう、故宮博物院の「翡翠白菜」を一目見ようという、ぼくらの台湾行モクロミには、この国際語ナッパの普及率をチェックする目的も組み込まれていたのだ。入館料百元(四百円弱)を払って、さっそく三階の「中國歴代玉器」の部屋へ。

英語名はJadeite Cabbageとなっていた。ま、和英辞典で「白菜」を引けば十中八九Chinese Cabbageと訳してあるので、やはり当然だ。翡翠白菜そのものは、思っていたよりずっと小さく、アメリカで見たあのnappaをもっともっと小ぶりにした感じ――それにしても、こっちの熱き期待を遥かに超える絶品であった。葉のしなり具合、重なり具合、色合い、また写真ではほとんど分からない、上のほうにとまっているキリギリスもリアルかつ優雅に彫られている。それにもう一個、同じ立派なケースに「豬肉形石」という絶品も置かれてあった。英語ではPork Slab、要するに豚の角煮だが、碧玉《へきぎょく》の自然の層を生かし、赤身と脂肪と皮を、毛穴まで完璧に演出。美味しい鍋の主材料が揃っているという、取り合わせの相乗効果も大きい。

　ほどなく日本人の団体がワッと入ってきて、ぼくら同様、なめるようにみな見入る。台湾人の現地ガイドは、「この角煮を彫った人ネ、あまりうますぎてネ、できあがったら周りから〈にくい！〉っていわれたらしい」と日本語で駄洒落《だじゃれ》。それから腕時計をちらちらみて、「ではみなさん、次へまいります！」。

　いなくなるとすかさず、掃除のおじさんが布巾とスプレーを持って、四面のガラスについた数多《あまた》の鼻の跡をさっさと拭き取る。終わるやいなや、また日本人ツアーが押し寄せ、今度の現地ガイドは「豚肉も白菜もうまそうだし、上にのってるイナゴだって佃煮にすればうまい！」と、ジョークのために昆虫の種類をごまかして、そこそこ笑いを取る。そして隣室へ。どこからかまた掃除のおじさんが現れ、ガラスを拭き拭き。

三組目のツアーはアメリカ人ばかりで、現地ガイドが英語でcabbageとporkを説明。しかし日本人と感動の度合いがまるで違う。一応不思議そうには眺めるが、ガイドが急《せ》かさなくても、大半は別の展示物に目が移ったり先へ進んだり。ミシガンのスーパーに置いてあるとはいえ、まだ馴染《なじ》みの薄いnappaなのか。ただ、鼻の高さも関係しているだろうが、ケースにつけた鼻の跡は他の団体に引けを取らなかった。

ウルシ休み

初めて「登校拒否」という日本語を知ったとき、ぼくはどこか、すがすがしい気分を味わった。自分の過去のひそかな一コマが思いがけず、棚ぼた的に公認されたような感じがして。

子どもが学校に不安を覚えて心理的な理由で行けなくなるケースは、もちろんアメリカにもある。けれど、それを一つの社会現象と位置づけ、簡潔に表してくれる正式名称がないのだ。あるいは、カウンセラーたちの間で何か用語が使われていながらも、一般に流布していないだけのことかもしれないが。

和英辞典を引いてみれば、refusal to attend school とそのまま訳してあったり、psychological hatred of attending school とサイコロジーを加味した解説文になっていたり、また「恐怖症」の一種と捉えた schoolphobia バージョンも。果たしてacrophobia（高所恐怖症）やclaustrophobia（閉所恐怖症）と本当に同類といえるかどうか、ともかく言語的にはschoolphobia（学校恐怖症）は、シマリがあってなかなかいい。場合によってschool allergy（学校アレルギー）と訳しても悪くないか。

調べた和英辞典のうちの二冊にはtruancyとも出ていた。この単語はネイティブにとって馴染み深いし、シマリも抜群だし、生徒が学校に行かないという結果の部分は「登校拒否」と同じ。ただし、概してtruancyをやる子は、もっと積極的に工夫をこらしつつ、あっけらかんとスクールを拒むことが多い。むしろ「ズル休み」という日本語のほうが、どんぴしゃりだ。

ぼくは中学校でtruancyに手を染め、高校でも続行した。だがschoolphobiaの経験は小学二年生のときの一度だけ、それも本当の「登校拒否」とはいえず、ニアミス程度だった。夏休み中に引っ越し、転校生として新学期からクラークストン・エレメンタリー・スクールに入ることになったぼくは、ミセス・ウェストランドの教室はなんだか冷ややかで、自分の居場所がうまく見つからなかった。先生とのコミュニケーションも取れず、そんなある朝、ぼくは母に「学校はやめた」と宣言したのだ。

「そうなの？」といって理由を聞いたり、「行ったほうがいいと思うけど」とやわらかくアドバイスするみたいに母は話したけれど、無理に登校させようとはしなかった。その日の午後はずっと、『大草原の小さな家』を数章分、読み聞かせてくれた。

翌朝、ぼくが再び「行かない」というと、パジャマ姿のままいっしょにシリアルを食べながら、母は自分が子どもだったころのエピソードを問わず語り——厳しいカトリックの小学校に通っていた母は、クラスきってのおてんばで、低学年からすでにズル休みの常習犯だった。とはいえ、老練な修道女たちは容易にはだまされず、親にもだんだんと見抜かれてしまい、しかしそれでもズル休みの新しい手口を捻り出そうと日々探求していた。そこでふっと思いついたのが「ポイズン・アイビー」。

Poison ivyとはウルシ属の北米産の蔓性《つるせい》植物で、アメリカ東部と中部に多く自生。直訳すれば「毒蔓」になるが、その和名はもっと詩的な「蔦漆《つたうるし》」だ。個人差はあるものの、アメリカツタウルシに触れるとほとんどの人がかぶれてしまうので、米国では悪名高い植物だ。

母が住んでいた家の裏に林があって、そこのあちこちにはツタウルシが生えていた。親から、絶対に触るなといわれ、艶のいい三枚の複葉という特徴を覚えた。それでひらめいたわけだ——触ると皮膚炎になる、皮膚炎になれば学校を休むことができるはず。学校の苦しみに比べれば、皮膚炎なんか可愛いものだろう。

クラスメートのマリアンと二人でたくらんで、放課後にこっそり林へ回って、よさそうなツタウルシをかぎつけ、葉っぱをむしった。まるで香水のサンプルみたいに、首や手首に軽くこすって、何食わぬ顔で帰宅。

ツタウルシの有毒な主成分urushiol（英語でも「ウルシ」からできたネーミングを使う）は生やさしい相手ではない。葉のみならず、花にも茎にも、実、根っこにだってたっぷり含まれていて、ほとんど揮発しないので何かにつけてしまうと、洗わない限りいつまでも残る。例えば鍬《くわ》で茎と根を切って、半年後にうっかりその鍬の刃に触ると、皮膚炎になる可能性がある。馬の毛についたもので、その馬の手入れをした人がかぶれることも少なくない。

うきうきと勇んでウルシオール時限爆弾と化したわが母はそのあと、家に帰ってもすぐには手を洗わず、自分の顔に触れたり、頭を軽く掻いたり、鼻もちょっとほじくったり……皮膚がむずむずし出したころにはもう完璧に手遅れで、瞼から唇から足の指の間まで、満身のかぶれ火達磨《ひだるま》状態。

学校を休むという当初の目的は達成、それもまるまる二週間。しかしその代償とでもいうべき苦痛は、担任の修道女の顔が懐かしくなるほどだった。今ならツタウルシに効く飲み薬もできているが、当時は「ナフトール・ソープ」という、つんと刺激臭のする石鹼を二重鍋で熱して溶かし、それを熱いままかぶれた皮膚に塗るのが一般的な治療。毎日、朝と晩とそんな拷問を祖母の手から母は受けることになった。クラスメートのマリアンの母親は、あまりに忍びなく、子どもを入院させたとか。

こんなひどい全身のかぶれなんて見たことがない、一体どうしたんだ！　と祖父が繰り返し追及したところ、とうとう母は白状して、泣き面に蜂の大目玉を食らった。だが憎たらしくても、苦しみもだえている子を思いっきり怒ることもできず、その歯痒《はがゆ》さを発散するように、次の日曜日、祖父は林のツタウルシというツタウルシを切って、落ち葉といっしょに焚き火した。無論、手袋もばっちりの防護服で。

夜になってから、祖父の顔や首が妙に痒くなって、明くる日、さっそく医者に行って診てもらうと分かった。ツタウルシを燃やしてもウルシオールはくたばらず、煙に触れるだけでもかぶれ効果は覿面《てきめん》。祖父はその好例として医者に面白がられ、娘の仲間入りをしてからは、叱ったりはしなかった。

母の話は覿面ではなかったが、じんわりと効果があって、一週間休んでから、ぼくはまた学校へ行き出した。そしていたたまれない気持ちになったとき、全身皮膚炎の試練を想像して、少しは楽になった気がする。

六年生のときだったか、ふざけてスクールバスに雪玉を投げたら、運転手が校長先生に言いつけて、二週間もバスに乗せてもらえなかった。雪の中を四、五キロ歩くのは「登校困難」だったが、「拒否」にはならずに済んだ。

髪の意識

お土産の金魚ねぶたをぶらさげて
　ロスの税関通る楽しさ

津軽の夏の風物のはずだが、実をいうとこの「お土産」は、妹一家へのクリスマスプレゼント。メロン大の「ねぶた」を二匹、機内に持ち込み、妻と成田を出発した。ロサンゼルス空港でぶらぶらさせ、その鈴の音といっしょに入国手続き、そこから国内便のターミナルへ……。

チリンチリンとデトロイト行に乗り継ぐ。親類に囲まれての故郷のクリスマスは久しぶりだ。結婚してからは初めてのこと。十二月に入ってから帰国を思い立ち、スケジュール調整とチケットの確保に乗り出したので、直行便が取れず、たった五日間の滞在となった。

母親と下の妹が空港で出迎えてくれて、車の後部座席でぼくは、すっかり銀髪の母の頭と、なぜだかワインレッドに染まっている妹の頭に見入る。妻は酔うまいと、目をつむって静かにしている。自宅まではざっと百キロだ。

翌日午後の便で、上の妹と旦那と坊やの三人がやってきて、家中が一気に賑やかになった。「近くのホテルに泊まるという手も……」と、こっちが次第に考え始める。けれど考えているうちに、もうイブだ。

坊やが就寝すれば、地下室に隠してある「フロム・サンタ」のプレゼントをリビングのツリーの周りに並べる……暖炉のそばに「サンタ・スナック」として出してあるクッキーも、適当にかじっておけば準備万端……。そう思いながら、新聞を拾い読みしていると、二階のほうからなにやら妙な機械音が聞こえてきた。ブーンとガリガリと交互に繰り返され、そばにいた妻と目があって、いっしょに二階へ。バスルームを覗けば、上の妹が太巻きくらいの大きさのバリカンを握っている。もともと髪が短かった旦那は、今や丸坊主だ——パンツ一丁で空っぽのバスタブにしゃがんでいた。

妹は、いつもこうやって散髪代をうかしているといい、それからわが妻に、おどけたふうに「トライ？」と、バリカンを差し出した。好奇心は妻にもぼくにも常にある。ぼくの頭髪は、切っても切らなくてもいい中くらいの長さだったが、さっそくワイフバーバー初刈りの実験台になることにした。

とはいえ、まるで失敗のしようがない。バリカンのヘッドの部分に、カットの長短を調整するプラスチックのアタッチメントを選んで、カチッとはめさえすれば、あとは満遍なく刈り込むのみ。ただ、アタッチメントの中で、もっともロングのカットを演出するものでも、一センチばかりの髪しか残らない。

掃除機で妹が旦那の頭や肩、バスタブの中もきれいにして、バスルームを明け渡してくれる。パンツいっちょで、ぼくもタブにしゃがみ、妻はバリカンのスイッチ・オン。白い琺瑯《ほうろう》の上に、褐色のウールが降り積もる。

非常に涼しい、さっぱりしたクリスマスを過ごした。自分の頭の亀の子だわし感覚がなんとも珍しく、しょっちゅうさすったり、ちょっともみもみしたり、ときどき妻も後ろからポンポンと叩いたりした。

東京で荷造りしていたとき、プレゼント以外のものをなるたけ少なくして、帰りは身軽にしようと考えた。だが結局、もらったプレゼントのほうが配った分より量が多く、また当然どれもみな金魚ねぶたより重い。二十六日の朝、機内持ち込みのリュックまでパンパン状態にして、チェックインを済ませ、それからだだっ広いロビーとコンコースをさまよってコーヒーショップを探した。

モーター・シティーことデトロイトのエアポートは、土地柄、どこまでも自動車だらけだ。広告板のみならず、各メーカーの新型車の実物が、あちらこちらに設けられた台の上に据えられ、天井の蛍光灯を眩しく反射している。

歩いていけば一角に、シルバーのシボレーと真っ赤なフォードがあり、その合間にテーブルをおいて本を並べ、何か販売かプロモーションをやっている男が……。でもぼくの頭にはエスプレッソのことしかなく、目もくれず素通りしてしまった。なんとなくその男に声をかけられた感じがしたはしたが。

そして、ぼくより四、五メートル遅れて歩いていた妻が、小走りに追いついてきて、いったのだ――その男は販売員ではなく、「国際クリシュナ意識教会」という新興宗教の信者、教団の決まりで丸坊主スタイルになっている。髪の長さ、いや短さが、互いに瓜二つ(自前のバリカンをつかっているかしら)。ぼくを見て、男はどうやら仲間がきたと勘違いしたみたいで、嬉しそうにテーブルの前へ回って呼びかけた。だが無視されて、拍子抜けしたそうな。

ひょっとしたら、リリーフを待っていたのか。それにしても、クリシュナの意識がヘアスタイルに動かされるとは。

日本へ戻って、二週間ほど経ってから二人で、今度は沖縄へ出発した。親戚付き合いとは無縁の、気楽な小旅行だ。一日目、那覇市内をGパンとTシャツ姿で散策していると、自分がアメリカ兵だと思われていることに気づく。それは予期せぬことで、かなり気になる。

もちろん「ベイヘイ!」と指さされたわけではないが、土産物屋の店員の視線、国際通りですれ違う人々の視線にもうすうす、しかし確実に感じられる。またそれよりなんといっても、ホンモノの米兵とすれ違うと「ヘアカット兄弟!」、自分でもそう思う。さらに、私服の米兵らしき男が地元のガールフレンドらしき女性と手をつないで歩いていると、ぼくら夫婦と体裁が酷似、つい会釈してしまうほどだ。

二日目の夜、那覇在住の友人が、行きつけの居酒屋へ連れていってくれた。そこで五、六人のウチナーンチュと泡盛を酌み交わし、ざっくばらんに基地の問題についても意見交換した。土地柄、といってはなんだが、米兵のユニフォームや髪型のディテールにも、アメリカ人のぼくよりはるかに詳しい人がいて、例えば、「GIカット」と一口にいうが、実は海兵隊と陸軍とでは形が異なる。ちなみに、ぼくの頭は偶然の「海兵隊刈り」になっていた。従って、町中を歩くとき、ただのベイヘイではなく、ぼくは「マリーン」に間違えられていたのだ。

東京では、米兵に見られることはまずない。たとえ頭が完璧な陸軍角刈りになっていたとしても。だが床屋にいって、七三分けにブローされると、別の意味でドキッとさせられることがある。

髪切りて帰る車窓にぼくの顔
　ふと父の顔と重なりて見ゆ

先生の〈ふけ〉

みっちゃんは中学生になったばかりだった。ぼくは二十五歳で、いろんなアルバイトをしていた。みっちゃんの〈英語家庭教師〉もその一つ。

毎週木曜日の夕方、高輪《たかなわ》へ足を運び、マンションのドアマンと会釈を交わして、エレベーターで十三階まで。リビングルームのテーブルに二人がつくと、みっちゃんのお母さんがお茶を出してくれ、ソファに腰かけてレッスンを見守る。

ソファの隣にはアップライト・ピアノ。火曜日がそのお稽古《けいこ》日らしい。いつか英語で「ピアノ、楽しい？」とみっちゃんに聞いたら、「ノー」という顔で「ソーソー」と返ってきた。どうやらぼくとの一時間も、長く感じているようだ。

ある木曜日、十三階で迎えてくれたのはみっちゃんひとりだった。お母さんは用事ができて出かけているのだという。教科書を開くと、ホビーのことが書いてあるのでみっちゃんの趣味をたずねて、スポーツからファミコン、ほかの遊びへと話が弾み、「ハナフダ知ってますか？」と逆にみっちゃんに聞かれた。

「見たことはあるけど」

すると彼女は自分の部屋へダッシュ、カルタを持ってきて広げ、イングリッシュ・レッスンがたちまち花札初級講座と化した。「坊六の手七」「ヤナギは雨、月はボウズ」「イノ、シカ、チョウをそろえると三十五点」……。

みっちゃんがしばしば英文法の森に迷うがごとく、生徒側へ回ったぼくは花合わせの「萩」と「藤」を混同したり「猪」を「紅葉」にくっつけようとしたり、まるでいい点が取れない。そこでみっちゃん先生は〈ふけ〉を説明して、励ましてくれた——極端に低いスコア（みっちゃんの家では二十点以下）で上がると、相手からドッサリ百点もらえる。「ホントは、ふけが一番スゴイ」

習い事の、先生と生徒のやりとりにも、思えば〈ふけ〉のような手口がある。

みっちゃん同様、ぼくもむかしピアノを習っていた。先生が家にきたのではなく、〈クラークストン音楽学校〉へ出かけるのだった。

アイバン先生は量感のあるバリトンで「ミスター・ビナード」と呼び、小学三年生のぼくをピアノにつかせる。ときどき「シンニョーレ・ベナルド」と、イタリア風挨拶の日も。大男といえるほどではないが、その手と目鼻がデッカく見えた。先生の髪の寝癖は毎回、位置も形も違っていた。

グランド・ピアノだった。「STEINWAY」の文字が今でも目に浮かぶ。しかし楽器がスタインウェイであろうと、大マエストロが教え込もうと、ピアノ嫌いな子はなかなか覚えない。我の強い子となれば、覚えても分からないふりをする。だって、こっちにとっては褒められようが叱られようが、レッスンは苦しみの一時間。神妙にしているよりは、先生にも苦々しい思いをさせたほうが得。というか、それができればオイラの勝ちだ。

鍵盤の歯並びとか楽譜の読み方は、何度かやっているうちにだいたい飲み込めたが、質問されるたびにぼくは大儀そうに「アイ・ドント・ノー」を繰り返した。たいていの先生は腹を立てるのだろうが、アイバン先生は微塵《みじん》もいらだたず、聞き方を変える。それでもワカンナイといわれると、今度は〈奥の手〉を出す――多項式選択問題、「A・B・Cの中から選べ」の類いだ。「このオタマジャクシはG♯ですか？　松ぼっくりですか？……それともガマガエルかしら？」

こう聞かれちゃ、正解を出さないわけにはいかない。おまけに大儀そうな顔が崩れ、吹き出してしまう。アイバン先生に軍配が上がる。

彼の〈ふけ〉にやられて、ぼくはバカな真似をしなくなった。ピアニストにはもちろんならなかったけれど、ピアノ・レッスンの日々は苦痛ではなく、幸福な時間としてぼくの中で息づいている。

イングリッシュ・レッスンは果たして、みっちゃんの中で、どう残るのか。

V　骨の持ち方

忘れる先生

二十二歳になってぼくはインドの東海岸、マドラスに行き、四カ月ばかりタミル語の海に漬かった。毎日、水牛が木陰で涼んでいる校庭を渡って、サンスクリット学院の一室に通う。そこでドーティをまとった先生が座って待っている。目を閉じたまま。

二、三秒経ってから先生は目を開け、まるで久しく会わなかったかのようにぼくの顔を見る。一対一の授業が始まる。母国語のタミル語はもちろん、カンナダ語、テルグ語、ベンガル語、ヒンディー語もできる先生は、梵語《ぼんご》の研究者として名高い。英語はアメリカ人のぼくより堪能。古希をすでに越え、本来ならば楽隠居で、タミルのタの字も分からないシロモノに悩まされることはない。だが、ぼくの大学の恩師から頼まれ、門を開いてくれたのだ。

ダダをこねて梵語の手ほどきもしてもらった。ときおりぼくの質問を受け、また二、三秒目を閉じる。それから答える。

授業のそういった途切れがことに長かったある午後、「眠いですか」とたずねた。

「少しも。きみに聞かれたことを思い出している」と先生。

「度忘れですか」

「というより、〈忘れ済み〉だったんだ」

ぼくが首をかしげると、こう説明してくれた。長い年月、自分のものにしてきた〈智〉を今、心の大広間から次の間へ片付けている最中。いずれは空にするつもりだ、と。

「忘れるということは、覚えることと同じように大切だ。同じぐらいの集中力がいる。思うに、きちんと忘れるため、きちんと覚える」

あれから十何年になる。先生が授けてくれた梵語もタミル語もことごとく、ぼくは心の押し入れにしまって忘れている。でも、教わった〈忘れ方〉は忘れない。もう一度インドに行って先生を訪ねようと思う。

とっくに心の納戸へ、片付けられているかもしれないが。

アライグマと狸

タヌキが好きだ。

ミシガン州の森で、ぼくはアライグマを木に追い上げたり、デッカめのやつには追い返されたりしながら育った。なので今、彼らのジャパニーズ・バージョンたるタヌキに出くわすと、なんだかデジャビュまじりの郷愁をおぼえる。

アライグマはずるがしこい。漁《すなど》りの名手で、こちらが紐《ひも》をかけたり重しをおいたりいかなる工夫をこらしても、ゴミ箱の蓋《ふた》をはずす。さんざん散らかしてたらふく食い、トットと消える。中高生のころ、その跡片付けを何度やらされたことか。

それでも憎めないのだ。どこか、間がヌケているからだろう。〈蓋閉じ〉の仕掛けはすぐ見抜くくせに、罠《わな》には弱く、よく引っ掛かってしまう。また、北米のハイウェイで日々撥《は》ねられているさまざまな動物の中で、アライグマの数がもっとも多いのじゃないかと思う。正式な統計を見たわけではないが――。

二十歳のとき、ぼくはニューヨークでトラック・ドライバーをしていた。あらこちの料理店にロブスターを配達。ある日コネチカット州のシーフード・レストランへ、大口注文を運んだ帰りだった。出たのだ、アライグマが。

ブレーキをとっさに踏んでハンドルを切ったが、ドブリと轢《ひ》いた。トラックをとめ、降りて現場検証。すでにご臨終のアライグマは、口を少し開けて悔しそうな、悲しそうな、しかし角度を変えるとあざけり笑っているみたいだった。無神論者のわれながら、その夜は懺悔《ざんげ》したい心持ちがした。


それから三年、いくつかの国と言葉を経て東京へ。最初の一カ月半は〈外人ハウス〉に寝泊まりした。日本語を覚えたくてきたのに、ハウス内ではほかの言葉ばかり飛び交う。そこで夕方のアルバイト開始時間まで、近くの図書館で日中を過ごすことに決めた。

決めたはいいがほとんど平仮名しか読めず、絵本のコーナーに入り浸り。ちっちゃい椅子に座って和英辞典と首っぴきで「日本むかしばなしシリーズ」をひもといていった。

そんなある日、「かちかち山」に遭遇。「たぬき」を引くと「raccoon dog」、つまり「アライグマっぽい犬」(あるいは「犬っぽいアライグマ」)とヘンチクリンな定義が出てきた。絵のほうは、犬よりずっとアライグマっぽかった。二時間近くかけて読破し、やはり「たぬき」もずる賢しこくてヌケていて、性格までアライグマと酷似。いや、アライグマに輪をかけている感じだった。〈ばあさん汁〉をこしらえて、それをじいさんに食わすのだから。

おととしの夏、京都名所めぐりをしていて、寺社に食傷気味となったぼくは、動物園に入ってみた。暑さのせいかライオンもオランウータンもキバノロも、だるそうにあくびしたり寝返りをうったり、こっちへは見向きもしない。WCに行こうと、平長屋風の「小獣舎」の前をよぎると、見覚えのあるシマシマのしっぽがちらり。アライグマが二匹いた。隣の檻には二匹のタヌキ。

申し合わせたみたいにみなコンクリートの床をぐるぐる歩き回り、ときどき止まっては、鉄格子ごしに互いの視線を合わせる。何か企みでもしているかのように。長いこと隣合って住んでいると、アライグマはタヌキ語を覚えるのか。あるいはあべこべか……。

おととしの夏といえば、ぼくがひょんなきっかけから青森県百石町《ももいしまち》の〈町づくり〉に関わり始めた時期だ。新しい図書館の蔵書計画や、詩の朗読会に参加したり、講演をしたり。

秋も深まったころには、今度は「視察」に付き合ってほしいと頼まれた。町づくりの〈先進地〉として参考になる、宮沢賢治生誕百年で賑わう花巻市を、官民文えて見回るのだという。

『雨ニモマケズ』とか『セロ弾きのゴーシュ』とか、なんとなく知っている程度のぼくは、慌てるように近所の図書館から『春と修羅』を借りてきた。

「わたくしという現象は／仮定された有機交流電燈の／ひとつの青い照明です／（あらゆる透明な幽霊の複合体）／風景やみんなといっしょに／せわしくせわしく明滅しながら／いかにもたしかにともりつづける／因果交流電燈の」……。

〈因果〉なのか〈有機〉なのか、ともかくぼくにとっての〈交流電燈〉といえばまあ、たぶんそれはつまり〈恋人〉なんだろうなとひらめき、電話をかけてみた。

「賢治の詩がサッパリ分からないけど、こっちの日本語読解力が不足しているのか？」

すると彼女は、「あれは〈心象スケッチ〉だし、好みというのもあるし……。でも童話はとってもいいよ」、おすすめの一篇は『蜘蛛《くも》となめくぢと狸《たぬき》』——。

あくる日はもう花巻へ向かう日。朝、図書館が開くやいなや駆け込んで童話集を借り、午後の新幹線に飛び乗った。話の出だしはこうだった。

「蜘蛛と、銀色のなめくぢとそれから顔を洗ったことのない狸とはみんな立派な選手でした」

「けれども一体何の選手だったのか私はよく知りません」……。

十八ページにわたってほほえましい場面も残酷な場面も、やわらかなタッチで語ってあった。生態にからむ残酷さも不思議と心いたまず、違和感なしに頷かされ、一ぺんで気に入った。

中でも狸は特に〈立派な選手〉。〈山猫大明神〉というのを勝手にでっちあげ、あやしい新興宗教（?）を営んでいる。兎や狼をたぶらかして、無理やり〈おフセするぞするぞ〉をさせ、耳から爪先まで食い物にしてしまう。日本の現在ある一面を見通した話ともいえそうで、英訳してみたい衝動に駆られた。となると「狸」を「raccoon dog」にするか、それとも思い切って「raccoon」だけに……?

到着した夜の新花巻駅は静まり返り、タクシーに乗って花巻温泉へ。宴会場の

「さつきの間」では、町づくりのメンバーがざっと二十人、浴衣姿でだいぶできあがっていた。そして床の間のすみっこには狸。

剝製《はくせい》だった。そばへ寄ってよく見ると、右の手首に紐が結《ゆ》わいつけられ、とっくりがぶら下がっている。白い地に青い上薬《うわぐすり》で「雨ニモマケズ／風ニモマケズ／雪ニモ夏ノ暑サニモマケヌ／丈夫ナカラダヲモチ／欲ハナク／決シテイカラズ／イツモシズカニワラッテイル」と綴ってある。

歯を剝《む》き出しに、たしかに狸は笑っているようにも見える。全身うっすら埃をかぶり、ずっと立たされ、笑いっぱなしらしい。

ぼくは列車の中で読んだ「狸」を思い浮かべた。「山猫大明神さまのおぼしめしどほりぢゃ」が口癖だった狸。この剝製姿もおぼしめしどおりなのか……。

翌日は早くからバスに乗り込み、視察目的の「童話村」に向かった。駐車場で降り、「銀河ステーション」と書かれた門をくぐると林があり、人工の小川と整備された散歩道がくねっている。

その向こうには「賢治の学校」という筒状の、うちっぱなしコンクリートの建物。まだ工事中なのか、左側の森が伐り倒され、ならされた裸の地面が広がっている。

ブルドーザーがとめてある。

みなサッサと〝登校〟して行ったが、ぼくは道草を食った。途中のベンチにスピーカーがついていて、童話の朗読が流れてくる。腰かけて『黒ぶだう』を聴いた。

「賢治の学校」はさまざまな仕掛けの部屋からなり、「ファンタジックホール」にはキッカイな「賢治の椅子」、引用文を刻んだプレートが床にはめてある。鳥の鳴き声は録音によってだった。

「宇宙の部屋」の壁と天井で、ミニ電球の星座がきらめく。「大地の部屋」には巨大なカタツムリ、ドングリ、カマキリとアリのぬいぐるみがウジャウジャ。

ロビーを突き抜け、ぼくはまた外に出た。倒されなかった木々の紅葉をバックに、ブルドーザーが日差しを浴びてまぶしい。

林の中のスピーカー付ベンチに戻ることにし、今度は『やまなし』を聴いた。

「クラムボンはわらったよ」「クラムボンはかぷかぷわらったよ」

カニの子が二匹、谷川の底で話して、ポツポツと泡をはく。

「クラムボンは死んだよ」「クラムボンは殺されたよ」「クラムボンは死んでしまったよ……」

夏の光がさざ波におどらされ、カニの兄弟の頭上で一匹の魚が銀色の腹をひるがえす。そこへ「青びかりのまるでぎらぎらする鉄砲弾のようなものが、いきなり飛込んで」来て、魚はそれといっしょに上へ昇るように、消えるのだ。

カニの兄弟は恐ろしさにブルブルふるえながら、父親ガニに聞く。

「そいつは鳥だよ」とカワセミのことを教えるが、魚の行方を聞かれ、父親は考えてから答える。「魚はこわい所へ行った」と。

カニの子らが二匹とも、再びふるえる。

話の書き手は、小さいモノになにか大きな〈原理〉を見出し、目をそらそうとしないで書いているようだ。〈クラムボン〉とはカニ語なのか、分からない。けれど賢治という〈現象〉については、様子がちょっとつかめた気がする。

では、ぼくという〈現象〉となると？

立ち上がって、「グッズ売り場」のほうへ歩きながら自分の内部を少し探ってみる。かすかに、くるくる回る母国のアライグマと日本の狸が覗ける……。

ローマの休日、調布の平日

ゴールデンウイークに、数人の編集者とともにイタリアへ行ってきた。取材旅行という名目で。ぼくはむかしミラノに住んだことがあるが、ほかのメンバーは全員〈初イタ〉だった。

ローマに着いた翌朝、コロセウムからトレビの泉へ、それからスペイン広場まで散歩した。ぼくにとっては八年ぶりのローマぶら。あっ、いつかあの店でジェラートを食べたんだ……そうだ、このあたりを友だちのスクーターで走ったことあるな……」。思い出にふけりながら歩いていた。

日本の編集者たちも、はじめてなのにやたら懐かしがっていた。「ここだな、ヘップバーンが寝ちゃったのは……」「あの階段をペックといっしょに登ったっけ……」。「何の話？」とぼくが聞くと、「『ローマの休日』」「あれは何回見てもいい映画だよなあ」と口々に。ビデオを持っているという人もいた。

本当のことをいうと、アメリカ人なのにぼくは『Roman Holiday』をちゃんと見たことがない。ヘップバーンといえば、オードリーよりはキャサリンのほうが、好みに合う。それに、映画以上にぼくは、詩が好きだ。

英語、伊語、タミル語、日本語と、さまざまな言葉の詩に接してきたが、今までの中で一番響いたのは、菅原克己さんの作品。何回読んでも、いい詩だ。読むだけではもったいなくて、数年前から英語に訳している。アメリカから、彼の詩の拙訳が載った雑誌が届くと、あらためて「いい詩だなあ」なんて、われながら感じ入ったりする。

宮城県で生まれ育った菅原克己さんは、一九二四年、十三歳のときに上京、練馬や巣鴨、世田谷区の池《いけ》ノ上《うえ》にも住んだ。しかしもっとも長かったのは、調布市の佐《さ》須町《ずまち》。一九五五年から、八八年の春に他界するまで、佐須街道のそばの小さな家で暮らしていた。

菅原さんの詩は、生活の場に根付いたものが多い。作品の中で野川が流れたり干上がったり、裏の農家のおやじさん〈平八つぁん〉がキャベツ畑に出てきたりする。夏の日の詩では、角のガラス屋の〈あんちゃん〉が道に水を打つ。おとなりの子供〈とものりくん〉がやってきて、誇らしげにひざ小僧のすり傷を、読者のぼくらにも見せてくれる。「タオルをぶらさげて／〈朝之湯〉に出かける……」と始まる詩があり、タイトルは「佐須のはずれで」。ぼくは、まだ調布という街を一度もたずねたことがないころに、この詩を読んで、翻訳をしていた。だいぶ経ってから、いい自転車を買って遠出するようになり、ある日ぼんやりペダルをこいでいると、電柱に「佐須町」とあった。「ここだ！　ほら、キャベツ畑もある」と独り言をいっていると、今度は半ば干上がった川が見えた。「のがわ」という看板も。川沿いの散歩路を走り、向こう側を見やると煙突がそびえていた。「あっ、朝之湯！　菅原さんが通ったお風呂屋だ」

感動の度合いを比較するのはおかしなはなしだが、トレビの泉を前にした編集者たちよりも、朝之湯を前にしたぼくのほうが、たぶん強く心を打たれたと思う。菅原さんの詩の映像は、読者ひとりひとりの中で描かれ、鮮明に映し出される。そして、その読者が実物と出会ったとき、二つの光景が重ね合わされる。映画についても同じことがいえるかもしれないが、詩の場合、〈内なるイメージ〉と〈外なるイメージ〉のズレが大きい。それが二重になったときの感動も。

「光子」「おれの嫁さん」「お前」「うちのかみさん」「うちの〈マーブル小母さん〉」などと、菅原さんの作品の中に一人の女性がたびたびあらわれる。困ったときでも、輝いている。「何のためにそんなに明るいのか」と詩人が不思議に思うくらいの人だ。ぼくは読めば読むほどひきつけられて、菅原ミツさんに実際に会う前から、彼女にホレていた。

おととしの〈げんげ忌〉という、菅原克己さんを偲《しの》ぶ、にぎやかな会でミツさんに紹介され、胸がドキドキした。あこがれの女優に会えたときの気持ちに、輪をかけた感じだった。

その後、手紙を交わしたり、詩の集まりでいっしょになったりしているけれど、今でも会うとドキドキしてしまう。作品の中の「光子」以上に、ミツさんには不思議な魅力がある。

ローマの休日から東京に戻り、しばらくして、ぼくはミツさんに電話をかけた。英訳が原文に合っているのか、不安な箇所がいくつか浮上。「直接会ったほうが早いかもね」と、五月の最後の水曜日の午後、佐須町五丁目の、角のガラス屋の前で待ち合わせることになった。

菅原克己さんは、お勤め以外はどこへ行くにも、ミツさんと連れ立っていたらしい。例えば原稿を送りに、すぐとなりの八雲台《やくもだい》の郵便局へ出かけるときも「さ、行くぞ」とミツさんを誘って。

そこでその日も、郵便局へ向かってミツさんといっしょに歩き、甲州街道を渡って、菅原ご夫妻が散歩のときにはいつも立ち寄ったという喫茶店に入った。

まだ英訳していないが、さわやかな写生のようなこの詩があるのだ。

「絵日記」という喫茶店

かみさんは少々つっけんどんだが
若いご主人はよくはたらく。
客はぼくら夫婦だけだ。
自動車が通るたびに
窓がピカピカしたり

暗くなったりする。
頭の上でゆっくり
静かな音楽が鳴っている。
「ホット二つ」とぼくが云った。

ミツさんと行った日は、ビートルズが流れていた。テーブルに翻訳ノートと詩集を広げ、ぼくは質問して、彼女は辛抱強く教えてくれた。ぼくたちも、ホットコーヒーをすすりながら。

はなしが済んで、やがて席を立つと、〈かみさん〉は「ご主人さま、お元気ですか」とミツさんにたずねた。そして二人は、あれこれとこの八年間のことをはなし始めた。

そばからぼくが「絵日記」の詩を〈かみさん〉に見せたら、「あらっ、ほんとだ！　この通りだわ」と、ちょっと〈つっけんどん〉そうな顔をほころばした。

喫茶店を出て、再び佐須へと甲州街道を渡り、野川に差しかかったとき、ミツさんは笑ってこういった。「詩人の言葉を過信しちゃだめよ。あの詩は〈ぼくが云った〉となっているけど、注文するのは、いつも私だったの」

川のほとりまできて「ぼく、これから〈朝之湯〉で一風呂あびようかな」というと、「水曜日は定休日よ」とミツさん。

そうか。じゃ、日曜日にでも、ゆっくりペダルをこいでこようかな。どの観光マップにも載っていない、調布市のひそかな名所へ、タオルをさげて。

下町でしゃべりまくれ

〈準中級〉のクラスに入ったのは、日本へきて日本語学校に通い出し、一カ月ほど経ってのこと。〈初級〉の教材がおもしろくなく、ペースものろく、事務室のおねえさんに頼み込んで飛び級させてもらったのだ。

東京ランゲージスクール池袋校。駅北口から徒歩三十秒。ぼくのアパートからは六分。雑居ビルの五階にあり、向かいは大型電気店。開店から閉店まで録音がずっと鳴りっぱなしなので、どんなに日本語のできない生徒でも「ビーックビックビックビックカメラ」は、ちゃんと節をつけて歌えるようになる。

新しいクラスメートには、バングラデシュ人、ヨルダン人、フランス人、韓国人、合わせて八カ国からの十二人。担当の市川信子先生は九カ国目のぼくをあたたかく迎えてくれた。

髪は短く、カジュアルなブラウスとジーンズ。コピー教材をいつもリュックでしょってくる先生は、気さくな人柄。休憩時間でも放課後でも、いやな顔一つしないで質問に答え、ぼくのメチャクチャな作文も読んでくれた。

そのころのぼくは、自分の間違いを指摘されると、チクリときた。だが、間違っているんじゃないかという不安があり、やはり直してもらいたい。間違ったくやしさと、直してもらったありがたさとが交錯、複雑に絡み合う毎日だった。そのムズムズした落ち着きなさと、自らのエラーを一生懸命、別の次元へと転がしもした。

例えば、イラクがクウェートに侵攻したころ、フセイン大統領と母国のブッシュ大統領の顔を、ニュースでいやというほど見せられた。英和辞典を引いて「見栄っぱり」「負けずぎらい」、最後に「メンツ」というピッタリの単語にたどり着いた。語学において、自分は〈発音〉が得意だと決め込んでいるけれど、はじめは「す」と「つ」の区別がうまくつかなかった。授業中になにげなく湾岸の話を切り出し、「あれはブッシュとフセインの〈男のメンス〉の問題」と自説を披露。

市川先生は吹き出して、でも決してぼくを笑いものにせず、「メンツ」と「メンス」の違いを教えてくれた。ぼくは慌てて、もう一つ即座に立論——「もし男にもメンスがあったら、そんなメンツなんかにこだわらないで、戦争をやらずに済むのかも」。

同じ時期のことだが、カブトムシが表紙を飾った〈ジャポニカ学習帳〉に、自分の近所のことを書こうとしていた。「お付き合い」という、習いたての言葉を使ってみたところ、ひらがなで「おすきあい」と綴ってしまった。先生に赤を入れられたとき、「本当に好きな相手だったら〈おすきあい〉のほうがよさそうだけど」とこじつけた。

ぼくの語学的〈メンツ〉と数々の間違いに、市川先生は辛抱強く付き合い、おまけに、下町情緒の手ほどきもしてくれた。


先日、紀伊國屋で立ち読みした英語のTOKYOガイドブックによると、一番代表的なオールド・ネバーフッド（下町をそう訳すらしい）はダントツ、YANAKA（谷中）だと。それは、その通りだろうと思う。しかし「下町」といわれると、ぼくにまず浮かんでくるのは「椎名町《しいなまち》」だ。

音が似ているということは、ひょっとしたら関係しているのかもしれない。けれどそれだけではなく、ぼくは椎名町でいくつもの大切なものに出会ったのだ。

市川先生は午前中だけ日本語を教え、午後からは英語の先生に変身。西武線の椎名町駅近く、長崎二丁目で中高生を対象に、ワンウーマン塾を開いている。そのかたわら翻訳も手がける。

ある日、どうやら文学を目指しているらしい教え子のぼくに、アメリカン・インディアンについての小説をいっしょに翻訳してみませんかと、声をかけてくれた。ぼくは勇んで、翻訳用に新しいジャポニカノートを買い、共訳の約束の日を楽しみに待った。

椎名町駅で待ち合わせてから、池袋と成田空港ぐらいしかニッポンを知らないぼくに、先生は下町を案内してくれたのだ。店先で焼かれる煎餅《せんべい》、焙《ほう》じられてゆくお茶。駄菓子屋では、フ菓子の不思議をはじめて味わった。道端で「ほこら」を教わり、「ほくろ」と混同して笑われた。さらに歩いて「庚申塚《こうしんづか》」という、ついぞ見たことのない漢字を目にして、〈見猿・聞か猿・言わ猿〉の話を教わる。また、定食屋の角だったか、薪《たきぎ》をしょいながら読書にふけっている二宮金次郎がいた。彼の像の前でぼくは「きんべん」と、ノートに書き留めた。

勤勉より、もっと大切なものにも出くわした。先生の英語教室への路に面して、年代を経た木造の家が建っていた。狭い敷地の隅っこに「さくらが丘パルテノン」と書かれた立て札。このあたりはむかしアトリエ村だったという。

塾の教室も古い木造家の一階。そこで、チャップリン、チャルメラ、シッポナ、ハッチャンという名の猫たちと対面。そして白いハードカバーの本を棚から取り出して、先生が見せてくれたのは、一九三〇年代をこのアトリエ村で暮らした、小熊秀雄の詩画集。しょっぱなの詩は、「しゃべり捲《ま》くれ」だった。

読み出すと、なんだかグングン引っぱり込まれる。意味をたずねたり、辞書を引いたりメモを取ったり、一行一行に立ち止まるふうに、その全五十八行を読破。

私は君に抗議しようというのではない、
——私の詩が、おしゃべりだと
いうことに就いてだ。
私は、いま幸福なのだ
舌が廻るということが！
沈黙が卑屈の一種だということを
私は、よっく知っているし、
沈黙が、何の意見を
表明したことにも

ならない事も知っているから——。
私はしゃべる、
若い詩人よ、君もしゃべり捲くれ、
（後略）

厳しい検閲とつまらない評論家に対して、まくし立てている作品だ。が、そのときぼくは、発破をかけられているように感じた。間違ったっていい、周りを気にするな、と小熊に励ましてもらったのだ。翻訳するはずの時間を残らず使って。次の〈共訳〉の約束のときも、小熊の、たしか「馬の胴体の中で考えていたい」を読んだ。その次は「親と子の夜」。ぼくは日本語で詩を書くんだと、次第に本気で思うようになっていった。

かれこれ六年になるが、小説の共訳はまだ四章残っている。

日本語を平気な顔でしゃべりまくっているけれど、いまでも先生に直されると、チクリとくる。

正月の蟬時雨

南半球の季節は、北半球のそれとあべこべだ。

そんなことは重々、ぼくの頭にインプットされていたはずだ。むかし子ども向きの科学雑誌で読んだし、地理学の授業で教わったし、たしかプラネタリウムでも、星座の位置の説明のついでに出てきた。また最近では、在日オーストラリア人の友だちと、互いの母国で猛威を振るう山火事の話をするときも、シーズンの相違が現れた。

それでも、実際に赤道を越えてみて、季節のあべこべ具合に、やはり驚嘆した。

今年の二月上旬、寒い日が続いていた東京から、夫婦連れ立ってニュージーランドへ。エコノミー機上の人となり、十一時間かかってオークランド着。飛行機に長く乗れば、おっつけ必ずボケがやってくるというのは、今までのトラベルの因果法則だったが、日本とニュージーランドの時差はなんとも可愛らしい四時間だ。それもサマータイムのワンアワーが加算されての時差で、ふだんなら三時間ぽっち。しかし、そこには半年分の違いが、潜んでいる。

ダウンタウンのホテルにチェックイン。汗ばむ陽気に合わせてシャツを着替え、部屋に用意されたアールグレイのティーバッグで一服。それから観光マップを片手に、まず南半球で一番高い建造物とうたわれる「スカイタワー」に向かった。ちょうど高台の上に建って、しかも三百二十八メートルもあるので、上さえ見て歩けばマップは不要だ。


今回の旅行のぼくの予習は、ひどく大雑把《おおざっぱ》だった。けれど一つだけ、大事と思われる統計を暗記しておいた。それは古いガイドブックにあった「一九八六年現在のニュージーランドの人と羊の比較」――三百三十万人に対して、羊の数はざっと六千七百五十万、つまり人間一人当たり、二十四もの羊が在住だという。

それからもう一つ、ニュージーランド生え抜きの諺《ことわざ》も、同じブックから拾って覚えた。「抱き上げた子羊をちょっとそこまで運んで行くうちに、そいつがもう立派な羊になってしまう」。成長や変化の速さ、万物流転も、そう表現するらしい。

そんなウケウリもあって、ぼくはスカイタワーから見下ろせば、きっと町中でもそこここの青草の上に、綿雲のような羊の群れを確認できるだろうと期待していた。巨大なロケットみたいな恰好のタワーだが、正面玄関に入ると、そこは広々とした吹き抜けになっていて、奥の壁、インフォメーションカウンターの上にも、雄羊の絵がかけてあった。筆描きのものが、布に印刷してあるらしく、「さすが羊の王国！」と思いきや、絵のキャプションの英字が目についた。

CHINESE NEW YEAR

そうか。ちょうど今、旧正月の時期だ。ここに掲げられているのは、植民地時代からヨーロッパ系住民を支えてきた家畜の顔ではなく、四海同胞的な国際都市の新顔としての、今年の干支《えと》の「未《ひつじ》」である。それでも、未年にニュージーランドを訪れるとは、めでたいような、おめでたいような……。

タワーの円盤型の展望台をぐるっと回り、三六〇度ひととおり眺めてはみたけれど、羊は毛ほども見受けられなかった。そこで現地の人に聞くと、南島のほうが羊の数が多く、ここ北島では果樹園やワイナリーや牛の放牧など、農業がもっと多様だという。ぼくが覚えてきた統計が、すでに昔話と化していることも分かった。ニュージーランドの人口は三百九十万人になんなんとしている。そして羊たちの数は、とうとう五千万匹を割り込んだ。人間一人当たり、十二、三匹といった水準だ。

展望台から見えたのは、港を行き交う数え切れないほどの船と、沖合に浮かぶ火山の島々と、街の中心部に近い「ドメイン」と呼ばれる広大な公園の緑。そしておまけに、タワーの上から飛び降りる人の姿も。

バンジージャンプのそもそもの発祥の地は、オセアニアのニューヘブリデス諸島だが、工夫を重ねて安全なコードを開発し、観光ビジネスとして成り立つところまで高めたのはニュージーランド人。中でも、一九八六年にエッフェル塔からジャンプして、世界の気を引いたA・J・ハケット氏が「バンジーの父」といわれる。考えてみれば、まったくもってうまい商売だ。客が金を払って、自分から進んで見世物となり、キャーッ！　と死に神とすれ違って生還し、そのデモンストレーションで次なる客を呼び込んでくれる。始まった当初は、催行会社は宣伝効果をねらって、裸でジャンプすれば無料になるというサービスも行ったらしいけれど、今ではそんなPRも必要ない（ただし「スッポンポン割引」はまだあるようだが）。

スカイタワーからのジャンプは、厳密にいうとバンジーではなく、スタントマンたちが使う「ファン・ディセンダーズ」の技術の応用だ。スカイダイビングのウエアと特殊なハーネスを身につけて、展望台の上からするするっとケーブルを伝って垂直降下。地面に近づくとブレーキがかかり、ソフトランディングとなる。名づけて「スカイジャンプ」。

商売のうまさの面でも、バンジーからさらに進化を遂げているといえよう。なにしろ下界の都会の歩行者たちがふと見上げれば、空から人間が降ってくる。展望台の窓の前でも、ジャンパーをひとりひとり毎回二秒ばかり止めて、吊るしておく。中の見物客に、アドレナリンたっぷりの挨拶をさせた上で、スーッと落とす。それでも着地までの滞空時間はたったの二十秒。料金は百九十五NZドル（約一万三千円）。

このバンジー商法にすぐ釣られて、ぼくが「よっし、飛ぶぞ！」といい出したら妻に、「本気？　きょうはこれからドメインと博物館に行かないと時間なくなるから、あした早起きすれば」とあっさりいわれてしまった。結局、入り口のカウンターからスカイジャンプのパンフだけもらい、タワーをあとにした。

いわばセントラルパーク的な憩《いこ》いの場のドメイン。芝生を歩けば、周りの木々から蟬《せみ》の声が響いてくる。ミーミーでもシャーシャーでもツクツクボウシでもなく、敢《あ》えてカタカナに置き換えると、「ドリ――ン」と長くのばしたあと、「キケキケトック」といった、何か叩くような音も加味されて、ひとまず締めくくられる。相手の姿はまだ分からず、でも紛れもなく、夏の声だ。さっき見た「末」が思い出され、頭では蟬が鳴く新年に驚きながらも、その流れがごく自然と、腑《ふ》に落ちた。

オークランド・ズーはさらにボリュームアップした、まさに蟬時雨《しぐれ》の中にあった。体長四センチほどの黒と茶とオリーブ色の蟬が、あちこちの木の幹に止まっていた。そして腹の発音器だけでなく、透明の翅《はね》もどうやらクリックさせているようだ。時雨の演奏にパーカッションも加わったみたいな。

*

芭蕉の「閑《しず》かさや岩にしみ入る蟬の声」で鳴いているのは、何蟬か?

『奥の細道』の旅中、岩手の里から尿前《しとまえ》の関を越え、その番人の家に泊まって蚤《のみ》と虱《しらみ》と共寝、天気が回復してから今度は大山を越えて出羽国《でわのくに》に入る。尾花沢で清風《せいふう》という金持ちを訪ね、数日間は厄介になって長旅の疲れを取る。せっかくだから山寺もご見物になったら、などと人々にすすめられて、だいぶ遠回りではあったが、その「立石寺《りつしやくじ》」まで足を延ばすことに。元禄二年の五月二十七日、今のカレンダーでいうと七月十三日の、そこの蟬の声に耳を澄ませての一句だ。

　にいにい蟬だったか、みんみん蟬だったか、油蟬かもしれないし、蝦夷《えぞ》蟬だって充分考えられる。それとも、シンフォニーオーケストラ状態の蟬時雨に浴したのか……。

　いろいろ調べてみても、昆虫学的なことははっきりしない。けれど、念入りに推《すい》敲《こう》を重ねて名句を完成させたという芭蕉の創作プロセスは、この一句の移り変わりから見えてくるのだ。まず「山寺や石にしみつく蟬の声」から出発して、「さびしさの岩にしみこむ蟬の声」を経て、「さびしさや岩にしみこむ蟬の声」と切れ字に替え、それでもイマイチ決まらず、もうひと踏ん張りして、あの万人をうならせる決定版にたどり着いた。

　いくつものバージョンが並べてあると、「しみ入る」の恐ろしいほどのうまさ、その環境と溶け込んだ自然体のすごさが、改めて身にしみる。

　しかし、芭蕉がもし日本の山形ではなく、ニュージーランドの北島の森で蟬に聴き入っていたならば、どうだったろう。恐らく、推敲の過程の中で違う動詞、ひょっとして「刻む」か「打つ」か、あるいは「こづく」といったものが、候補に挙がったかも分からない。なにしろニュージーランドの蟬の雄は、腹部の発音器で鳴くだけでは物足りず、自分が止まっている木の幹や枝を前翅の端で、力強く叩いてドラマーの役も兼ねるのだ。

いや、雄ならどの蟬もパーカッションをやるというわけではない。北島と南島とニュージーランドは広く、全部で四十種類もの蟬が棲息しているそうだ。オークランドから最北端の岬ケープ・レインガまで回り、その一地方の中で出会ったのは、知る限りでは三種類、巌《いわお》の一角に過ぎないのだ。でもそのうちの二種類は、翅を立派な打楽器として使用していた。

英語で「蟬」のことをcicadaと、これっぽっちの工夫もなくラテン語のまんまで呼ぶ。それに引き替え、ニュージーランド先住民のマオリの言語には、「キヒキヒ」や「キーキヒタラ」や「キーキータラ」など、「蟬」を意味する擬声語が豊富にある。また、種類を区別するためには、さらに細やかな意匠を凝らしたネーミングもいろいろと賑やかだ。

例えば、到着した日にオークランドの公園と、それから動物園でも遭遇した体長四センチ強の蟬たちは、あとで分かったが「キヒキヒワワー」という名だった。

「ワワー」とは、大雨の降る音を表す言葉で、日本語の「ざーざー」に相当する。

鳴き声が驟雨《しゅうう》のように聞こえるということだが、これは発想的に「蟬時雨」とそっくりではないか！　ま、種類の呼称なので、厳密にいえばあべこべの「時雨蟬」のほうが本当か。例年、クリスマスが去って新暦のニューイヤー目前に迫ったころから、現れ始めるらしい。

「キヒキヒワワー」の英語名はchorus cicada、つまり「合唱団蟬」だ。大音量の「ドリーーン」を発したあとに、みなそれぞれ「キケトックトック」と二、三度翅を叩いては、再び「ドリーーーン！」。雨垂れに負けず、まさに石を穿《うが》つコーラスといえる。

もう一種類はマオリ語で「タラキヒ」、英語ではclapping cicadaと呼ばれる、一回り小ぶりな蟬だった。やはり透明の翅で止まり木を叩くが、発音器から出す声のほうは、文字化が容易ではない。「ジョリーーンキピャキチャキタ」みたいな感じか。その込み入った後半の途中で、翅叩きが「タラッ」と、アクセントのclapとして加わるのだ。

旅の五日目、ケリケリ川に沿って散策した際、パーカッションをやらない種類に出くわした。声は「ジーージェッジジェッジジェ」といった繰り返しで、時雨の名に恥じない音量だったが、下草に止まっていたその声の主を見かけたとき、最初は蟬かしらと疑った。なんともチビの二・五センチ弱、それに緑がかった黒というか黒っぽい緑のような、パッとしない体色。でも、逃げないやつを見つけて近距離から観察すれば、小粒ながらも紛れなく蟬だ。その頭部と背面の模様も、実は翡翠《ひすい》色と琥珀《こはく》に縁取られた漆黒の複雑な絡み合いからなっている。

きっとマオリ語で、名づけて「キヒキヒジージェッジェ」か、じゃなければ「ジージジェッジェキヒキヒ」かと、ぼくが勝手に推量していたら、全然違った。もっと人間の生活をベースにした、実用的なネーミングの「キヒキヒカイ」だった。その「カイ」というのは、ずばり「食い物」のこと。マオリ族はかつて、この小型の蟬をたくさん捕り、擂《す》りつぶしてそのペーストを、夏限定のごちそうとして食していた。

日本へ戻る前日に「キヒキヒカイ」の由来を知ったぼくは、どこか出してくれるレストランはないかたずねてみたが、どうやら「蟬料理」は、ヨーロッパ系の食文化に完全に追いやられたみたいだ——自分で作るしかないといわれた。捕虫網を振り回しての材料調達から出発して。

せめて food cicada といったような形で、英語名にその風習が残っていたらなと、ちらっと思ったが、そんなわけもなくlittle grass cicadaという名だ。雌が、木の枝ではなく、草の茎やビロウの葉に卵を産みつけるので、「小草蟬」のイングリッシュはそれなりに生態に忠実だし、本人たちにしてみれば、「食い物蟬」にされるよりはありがたいだろう……。

それにしても、擂りつぶしたキヒキヒカイはどんな味か。蕗味噌《ふきみそ》ならぬ「蟬味噌」、もしやほろ苦く、日本酒にジャストミートの珍品だったりして。ペーストが美味なら、佃煮にしてもたぶん、いけるのではないか。だったら「夏限定」のみならず、保存が利くので冬の七月、八月でもキヒキヒカイを賞味できる。

二度目のニュージーランド旅行には、擂鉢《すりばち》と擂粉木《すりこぎ》を、スーツケースに忍ばせて行こうか。捕虫網と。それから醬油《しょうゆ》と、みりんも。

母親の評価、海亀の運命

「フンコロガシ一匹だって、それを産み落としたお母さんフンコロガシの目には、ガゼルとおっつかっつに立派に見えるものだ」。北アフリカのベルベル族にこんな諺がある。

要するに、母親というのは、とかくわが子を買いかぶりがちだ、といったところか。買いかぶられながら育った昆虫少年一匹のぼくには、この諺がわりかたピンとくる。今だって、ガゼルに思われている節がある。

逆に子どもの目には、母親がえてしてどう映るのか……。フランス語で mer が「海」、それに e とアクサンを足した mère イコール「母」、どちらも女性名詞で発音もそっくり（少なくともぼくの耳には）同じだが、たいがいの新生児にとって、mère の大きさは計り知れない、まさに大海原のごとき存在といっても過言ではなかろう。

ところが、幼時から児童、少年少女へと成長していく中で、徐々に、やや突き放した見方もできるようになる。もちろん、始終いつでもわが母をシビアに見るわけではない。やはり近くて大きい存在であり続けるけれど、何かの拍子にふっと、こっちとは一線を画すひとりの人間として、映ってくるのだ。

それは、社会と接触を持つような、例えば他人とやりとりをする場面で、母の対応に筋が通っているかアヤフヤなのか、母本人がふだんいっていることと矛盾しないのか——子どもは、かなり冷静に判断を下し、「マザー評」の一側面がそこで定まってしまう気がする。冷静の度合いは、マザーコンプレックスの度合いと反比例だろうが（ひょっとして父親の評価のほうがより一層冷ややかな目で行われているのか。ファーザーコンプレックスに反比例して）。

その針でみなお見通し海栗《うに》動く

自分の母親を見通した「決定的場面」は、良いも悪いも数個ずつ記憶に残っているが、中でももっとも鮮やかなのが、初めて海に行ったときのことだ。そしてその

merを背景に、目に映ったmèreは気恥ずかしいほど毅然《きぜん》としていた。

　うちの父親は渓流釣りに夢中で、暇さえあれば地元ミシガン州のほうぼうの川へ出かけ、よく子どものぼくをいっしょに（釣り馬鹿を正当化しようというモクロミもあったろうが）連れて行ってくれたものだった。しかし一九七七年の春休みの際、当時九歳だったぼくにはハードすぎるフィッシング・トリップを、釣り仲間と計画した――バックパックと竿をしょってアパラチア山脈に入り、二週間ずっと野宿しながら奥地の渓谷で大物を狙う。で、「ますらお」どもが釣り三昧《ざんまい》に耽《ふけ》っている間、母と妹たちとぼくが、うちから二千五百キロ離れたフロリダ州の西岸で、海水浴三昧することになった。オンナコドモといっしょに分類されたのが悔しかったとはいえ、待望の海へのドキドキがそれを帳消しにした。

　初めて海辺に着いたとき、「広いな大きいな」と感じたことは感じたけれど、海の広大さへの感動は、さほど格別なものでもなかったように思う。というのはミシガン州が五大湖に囲まれていて、小さいころからそれらに親しんでいたからだ。淡水なので「湖」に相違ないが、潮の満ち引きも、れっきとした波浪もあり、最大深度は四百メートルに達する。面積でいえば、スペリオル湖一個だけで八万二千平方キロメートルを超え、近江《おうみ》の海こと琵琶湖のおよそ百二十三倍分に当たる。

そんなわけで、驚嘆したのはむしろ塩味。それから、湖とはまるっきり違う生態系だった。特に、体に前も後ろもなく、上下の区別だけで成り立っている動物が感動もの。例えばイソギンチャクやクラゲ、それからサニベル島で出くわした無数のタコノマクラ。またホテルのそばの桟橋の柱に、わんさと群がっていたムラサキウニ。捕まえて手のひらにのせ、じっとしていると間もなく、針が一斉に動き出す。こっちをくすぐったく探っているようで、観察しているつもりの自分が、実は観察されているのじゃないかと思える（まさか美味な相手だとは夢想だにしなかった）。

何日目だったたか、近くの港町から観光客をのせるエビ漁船の「シュリンプ・ボート・ツアー」が出ていることを知り、ぼくがおねだりして、母が申し込んでくれた。定刻に乗船場へ行ってみると、ホテルで見せられたパンフレットの写真とは対照的に、船がひどいオンボロで、船長も颯爽《さっそう》たる雄姿ではなくてビール腹に赤鼻ではないか。ま、それでも、写真にあったようなエビの大漁を期待して、ほかの参加者たち十数人とともに並び、のり込んだ。

沖に出て、三人の若い衆がいかにもやる気なさそうに、底引き網を船尾から海の中へ降ろし、操舵《そうだ》室の船長は気の向くままに、しばし引きずり回した。そしてウインチでまた巻き揚げたけれど、一回目の漁獲高は、小さめのエビ二匹と、ぼくの手くらいのヒラメ一匹。網が再び降ろされ、二回目には藻類のみとれた。「きょうはだめだなッ」と、まるでいつもの掛け声みたいにいい合いつつも、若い衆が網をまたもや降ろすと、今度は一分足らずで何かとても重いものがグッとかかり、船が止まった。海底の岩でも引っかけてしまったろうと、ぼくら乗客はみな考えたが、どうやらそうではなく、やがてエンジンの動力を振り絞ってウインチを軋《きし》ませながら巻き揚げてみると、シータートル！

体長一メートルを超える大海亀だった。甲板にドッシンと置かれ、ぼくらはただただ信じられずに眺め入った。だが、そのうち、若い衆のひとりが甲羅を軽く蹴《け》ったり、もうひとりが鰭形《ひれがた》の前足を棒でちょっとつついたり、操舵室から出てきた赤鼻の船長も、それを笑顔で黙認していた。

母親がそこで、いきなりキレた。下の妹を抱いたまま、激しい剣幕で船長に詰め寄り、「これは絶滅に瀕してる海亀で、野生動物法で保護され、傷つけた者は罰せられることになってる。ただちに州の環境省に連絡して、しかるべき対応をしなければ、私は喜んであなたを訴えますヨ」と。

大切な船が罰金のカタに消えるのを想像したのか、船長は鼻以外の顔色が青くなり、さっそく操舵室に戻って無線電話。若い衆も、いくらか小さくなって、それぞれの持ち場へ。

港には、環境省の職員五、六人がぼくらの帰港を待ち受けていて、やはりウインチのついた小型トラックで、「雌」と識別された海亀を慎重に吊り上げ、荷台にのせ、ビーチへと移動させた。砂上では体長を測り、番号札をつけ、それからみなで、夕暮れの海へゆっくり帰って行くのを見送った。

この十数年の間に、ぼくは母親にいろんなジャパン土産を送ったり運んだりしたけれど、ラフカディオ・ハーン訳「浦島太郎」が収録されたJapanese Fairy Talesという古本が、もっとも喜ばれたものの一つだ。

海亀や浜を耕しつつ進む

断る難しさ

「断るべきを断らぬ男は真の男にあらず」といったのは、男の中の男、サン＝テグジュペリだった。なるほど、そのとおりだ、いっそのこと「男」を「人間」に置き換えたらどう、とは思うが、しかしいつ何をどう断るべきかといったあたりが、ときには微妙だったりする。

いや、正直いうとサン＝テグジュペリのこの言葉を初めて読んだときは、あまりピンとこなかった。ところが二〇〇一年春、中原中也賞の受賞を境に、仕事依頼が急増。声がかかることはありがたく、常にそう思いながらも、諾否の判断を前にずいぶんとモタモタした一年間だった。

テレビの「断るべき度」をどう計るか。一切付き合わないことに決めてしまえば、いさぎよくて分かりやすい。とはいえ、そこまで堅くならずに、本業に差し支えずほどほどに、節度を守りさえすれば、なんて考えてしまう。でも節度だけでは対処し切れない「外タレ」問題も、ぼくの場合はつきまとうのだ。

外タレと呼ばれる人種は、自ら進んでその道を歩んでいる。それを責めるつもりは毛頭ないが、外タレがよく出るような類いの番組に、外タレ志望でない在日外国人がウッカリと、一度でも出演しようものなら、にわかに同類と化す。つまり、視聴者の目には外タレに映り、レッテルを貼られる。そのあと、たとえどんなに地道に詩作しても、「外タレが詩集を出した」ということになりかねない。

『ひょっこりひょうたん島』の中で、マシンガン・ダンディはこんな名台詞《めいぜりふ》をはく――「一度ピストルを持つと、なかなか手ばなせなくなる。一生、ピストルと友達でいなくちゃならなくなるんだ」。テレビ出演に主語を置き換えても、当てはまるかもしれない。

単行本の執筆依頼も、いろいろ舞い込んできた。蓋を開けてみれば、そのほとんどが「英語物」か「日本語物」という二つのカテゴリーに、きれいにおさまる企画だった。「アーサーのおもしろ英語塾」とか「日常米語の妙味」、あるいは「アーサーの日本語術」「日本語の学び方」「日本語日記」といった具合に。A社の新書編集部の人と午前に会い、その午後にB社の新書編集部の人と会い、まるで見分けのつかない企画書を出されたこともあった。

絵本の仕事に関しては、それまでどおりゆっくりペースだった。ところが二〇〇二年になって、アフガニスタンを舞台にした絵本の文章を、という話が舞い込んだ。それがもし、例えば米国のアフガン攻撃がいかに石油会社と軍需産業をボロ儲《もう》けさせるものであるか、あるいはCIAがアフガンで長年どんなことをやってきたのかを、子どもたちにも伝わるように紹介するプロジェクトなら、それは興味深かった。だが依頼のファクスの「企画主旨」には、カブール動物園にいたライオンを主人公にして欲しいとある。

即「断るべき」と決めたは決めたが、ファクスを読み返しているうちに、「もしかしたらやりようによって……」と、歯車が動き出した。ライオンは非常に魅力的な生き物だ。それにぼくはズー好きでもある。CIAの責任追及まで盛り込むのが無理にしても、ライオンの目を通して人間を見つめ、アフガンの抱える問題を、報道とは違った角度から捉えることができれば、一冊の絵本として成り立つかもしれない……。

一日悩んでから、電話をかけた。ファクスの主は若手の編集者で、絵本を担当するのが初めてだという。「ストーリーは自由に考えてよい」「イラストレーターについてはもしおすすめの方がいらしたら是非」――こっちの条件にかなう話がすんなり向こうから出てきて、その電話でぼくは引き受けた。さっそく「おすすめ」の絵描きの画集を送ったり、アフガン資料を送ってもらったり、思いつくままにタイトルのアイディアまでリストアップ。

一週間経って、担当者から電話がかかってきた。「とても味のある、ステキな絵を描く人にお願いできそうです」と嬉しそうな声。それはこっちが推薦した絵描きではなく、二十歳の女性だという。名前を聞いてもだれのことなのか分からず、聞き返すと、編集者は声を少し低め、「ご存じかどうか、あの人気アイドルグループのメンバーで、やはりリーダー格ですけどね、つい最近、本を出されて、すごく評判になっているんです」といった。

「冗談でしょッ」と返すと、編集者は「本当にステキな、ハートのこもった絵なんです」と力説。結局、その本を送ってもらうことにし、三日後に会う約束をした。その時点で、まったく期待しないで待った。速達便で届いたその本は、「もしかしてやりようはあるかも」と思っていたぼくの歯車にストップをかけるものだった。著者がアイドルであることのみで成り立っている本。

約束の日、担当の編集者とその上司に会った。名刺交換が終わるや否や、ぼくはデリカシーの話を切り出し、このタイミングでアフガンをネタにしたタレント本を作るなんてトンデモナイといい切った。反論してくるかと思ったら、その上司は笑って頭をしきりに縦に振り、「うん、おっしゃること、よく分かります。しかし素晴しいですねぇ。久々に骨のある作家に出会えて、いやあ、私は嬉しいです……」。それからずっと感心しっぱなしで、一時間のミーティングが「作家ヨイショ」に終始していた。

二日後には、その上司から「弊社の近刊」として芸能人の豪華な写真集と、達筆な手紙が送られてきた。再度「骨のある作家」とべた褒めし、末尾に「近日中、またお会いできますように……」と。最初に依頼を受けたとき、アフガンの現状と出版のタイミングを見定められなかった自分のデリカシーのほうが、問題だったのだ。

その夜、担当者からは「やはりどうしても」のファクス。「きっと彼女の絵とおもしろい化学反応を起こすと思います」など、あの手この手の口説き文句だ。もう一度きっぱりと「ノー」を返すと、翌々日、豪華な写真集がもう一冊届き、追って「そこをなんとか！」のファクス。そんな作戦が十日間も続いた。

やっと終わって、一週間も経たないうちに、今度はテレビ局からバラエティー番組への出演依頼。やんわり断っておくと、「分かりました。ただ、是非、一度お目にかかってお話を少しうかがえたら……」といわれ、一旦会う約束をした。けれど、やんわり断りつつもこの「一旦会う約束」をしてしまう自分が、こうした話の入る余地を作っているのかもしれない。

ぼくは慌てて電話をし、会うことも遠慮した。

津軽のほこりと佐太郎のほこりと、ぼろアパートの温度計

初冬に青森市の民謡酒場で西川洋子の三味線を聴く幸運にめぐまれた。かの有名な竹山《ちくざん》を師と仰いだ西川さんは、今やベテランの弾き手だ。

中入りの時間に、少しおしゃべりもできた。津軽三味線に引き続き、今度はその津軽弁にぼくは聴き惚れ、なんだかマゴマゴして結局お天気を話題にのぼらせた——ヤボにも「東京に比べて、やはり寒いですね」。それから故郷デトロイトの冬と青森の冬とを比べたりして……あげくに春が到来。「春がきたなぁって、どういうところに感じますか」と西川さんにたずねてみた。

そんなありふれた質問に引き替え、おもしろい答えが返ってきた。「ほこり」。一瞬「誇り？」と思ったら、「ノーノー、ダスト」だった。

冬の間は、青森の道路がほとんど雪か半解けシャーベットに覆われていて、まる

で埃が立たない。けれど暖かくなって路面の雪が完全に解け、ところどころ乾いてきてトラックか突風がそこを通り過ぎると、埃の匂いというか感触というかが久々に鼻につくというのだ。

　いわれてみれば、ぼくも同じようなことを体験した気がする。言葉にしたことはないが、なるほど、雪国のデトロイトでもそういう〈現象〉が起きる。へえ、埃って、春愁たっぷりの風物だったのだ。

　その話を東京へ持ち帰り、何か詩にできないかと一日中、部屋でノートを広げてゴロゴロ。夜になっても詩ができそうになく……ならば短歌で行くか。思い切って、三十一文字《みそひともじ》美文調にギアチェンジしたが、例によってぬかるみにはまり、藁《わら》をも摑む気持ちで中央公論社の『短歌集』を摑む。まだ一度も読んだことがなかった佐藤佐太郎の歌を読み出した。

　吾れは無神論者であるがときどき、いたずら好きな神がカラクリをしているのではと、うたぐることもある。佐太郎の二首目の歌がなんと――、

　おほかたは雪消のなごりかわきつつ
　　風過ぐる時ほこりたちけり

これっ、たった今、こっちが詠《よ》みたかった歌なんだ……。面食らって、恐れ入り、佐太郎のインスタント・ファンになった。読み続けると、次の三首目の歌でも「ほこり」が登場——、

つとめ終へ帰りし部屋に火をいれて
　ほこりの焼くるにほひ寂しも

ぼくは電気ストーブを使っているが、それでもやはり点けたばかりのとき、微かに埃が燃える匂いがする。確かに寂しも。

けれどぼくのぼろアパートには、ストーブ以上に寂しさを漂わすものがある。勝手に〈温度計〉と呼んでいるのだが、水銀の入った奴いではなく、まあ、一種の〈金属温度計〉。部屋に出入りするたびに、いやおうなしにだいたいの気温を教えてくれる。

「ぼろアパート」というのは、実は鉄筋コンクリート四階建ての〈ビル〉だ。ひょっとして戦後の池袋で、初めて建てられた鉄筋かも分からない。あちらこちらヒビ

割れていて、大地震を待たずに中くらいのやつでも、倒壊の恐れが無きにしもあらず。

その三階のぼくの部屋の玄関を、夏に開け放とうとすると、鉄扉が半円の三分の一も回らないうちにグオーンと鳴り、下のほうが廊下の床を擦《こす》ってつっかえてしまう。そのまま座礁した舟みたいになるので、閉めるときは引っ張るか押すか、またグオンと鳴らす。

初秋には、鉄扉が半円の五分の二ほど開き、秋が深まるにつれてだんだんと半円の半分弱、八十七、八度まで回るようになる。そして冬がくるとスーッと、障害なく開閉。

年明けて、バレンタイン・デーも去り、もう忘れているころのポカポカしたとある日、部屋を出ようとするとグオーン！　つっかえた寂しい鉄扉の春の告げ。

物理学や建築学に決して明るくないぼくの見解ではあるが、鉄筋と鉄扉のその鉄が、暖まると伸びて、冷えると縮み、それが〈金属温度計〉のカラクリ。短歌にこの雰囲気は合うと思うが、三十一文字ではどうにもならない題材だ。

骨の持ち方

「ぼくの骨は、ぼくの体の中にある」。当たり前すぎる話だが、三十代半ばになって初めて、まともに実感した。

逆に「鈴虫の骨は、鈴虫の体の外側にある」という事実は、毎年夏になると痛感するのだ。ことの始まりはお中元ならぬ「お虫元」、知人から十三匹の鈴虫を頂戴したのだ。虫籠に土を敷いて、とまり木もしつらえ、毎日自分が食べた野菜と果物の皮や芯やヘタ、それに煮干しと鰹節、たまには海老の尻尾なども与えて、世話をした。

一般に、リーンリーンの鳴き声が鈴虫のチャームポイントとされているが、鳴くのは雄だけだ。野郎どもは、雌を口説こうと背中の幅広な前翅《まえばね》を、帆みたいに立てて一生懸命すり合わせ、己の男っぷりをアピール。雌のほうは、雄に比べて胴体が豊満で、翅もそのボディーラインを引き立てるように、幅広ではなく背中にぴったりフィットする。でも、なによりも雌らしさを演出するのが、お尻から少し上向きにカーブしながら伸びている産卵管である。雄の品定めをして、交尾の相手を選び、雌はその後マイペースで、悠々と産卵管を土中に差し込んでは卵を産み落としていく。

もらったときは七匹の雄と六匹の雌と、全員立派な成虫だったし、すでにいろんな「契り」も交わされていた。なので飼育の一年目は、ぼくは主に、次世代の仕込み作業に立ち会うことになった。秋が深まるにつれ、まず雄のほうから一匹ずつ、息を引き取った。静まり返った籠の中で、今度は雌たちも日に日に食欲が衰え、動きもスローモーションさながらに……そしてだれもいなくなった。

虫籠から最後の死骸を取り出し、とまり木も出した。でも土はそのままに蓋をしめ、押し入れの隅っこに置いた。それから月に一度、本当に生まれるのかいなとうたぐりつつも、じょうろと霧吹きで土を湿らせた。翌年の五月末、いつもの「定期加湿と点検」のため、蓋をはずして霧吹きでシューッとやったら土一面に、かろうじて見える程度のか細い白い触角が、いっせいに震え出した。顔を籠に近づけて見ると、ゴマ粒大のかわいい子たちが、いつの間にか誕生していた。六十匹ぐらいか。

まだ鳴かぬ鈴虫に聴かすバルトーク

「翅弾き」の名手に育てようと、教育ママみたいなことを考え、ぼくは一日中クラシックを流したり、「ピッチパイプ」という半音階の笛も入手、「ハ長調」と「ハ短調」を交互に吹いてやったり……そうこうしているうちに、ゴマ粒大が米粒大になり、さらに西瓜《すいか》の種大になっておやおやと、籠は超過密な鈴虫スラム街と化してしまった。

鈴虫の成長ぶりには、はっきりとした段階がある。何日かして、ぐっと一回り大きくなるといった具合に。体の骨の役割を果たしているのが「外骨格《がいこつかく》」、固い皮の部分なので、大きくなろうと思うとそれを脱ぎ捨てなければいけない。

つまり脱皮だ。息苦しくなってくるのか、それともくすぐったいのか、ともかく、そろそろ外骨格を着替える時間がやってきたぞと、鈴虫本人には分かるらしい。こっそりと、だれにも邪魔されずにじっとぶら下がっていられそうな場所を探し、そこで脱ぎ始める。

鈴虫の体は黒褐色だが、古着を脱ぐと一瞬にして、全身が白無垢《しろむく》になる。新しい外骨格は純白で、そして柔らかく、まったく無防備の状態だ。とまり木か何かに、前足だけでつかまってぶら下がって、ひたすら待つ。すると、体がみるみる黒ずんで固まってゆく。ただ、虫籠内が超過密だと、じっとしていられるスペースが不足する。固まる前に「どいたどいた！」と蹴っ飛ばされると、翅が曲がったり足が折れたり、下手すれば致命傷を負うことも。

のんきにバルトークを聴いている場合じゃないと、ぼくは気づいて、より大きな虫籠を用意し、引っ越しをさせた。脱皮中の事故で体が不自由になった数匹もそっと。よかった、と思ったら翌年の五月に、二百匹ほど生まれてきた。今度は大きな水槽に土を敷き、また引っ越し。

その翌年の五月は、もう数える気はしなかった。さらに大きい水槽を用意するのも、まっぴらだった。かわりに「お虫元」で、どうにか対処しようとした。それ以来、鈴虫の養子先を探すことが、わが家の毎年の夏の課題だ。うまくいっても、水槽内はそれでもかなりの過密度で、脱皮中に体を傷める個体は、跡を絶たない。

あの年は、行きつけの八百屋さんが早々と、大籠いっぱい引き取ってくれた。七月に入ってから、ふと練馬の友人を思い出して電話してみたら、欲しいといってくれた。約束の日、小さめの段ボール箱の中へ、五十匹をぱっぱと落として、蓋をしっかり閉め、リュックに忍ばせた。そして喜び勇んで、ぼくの「アシ」である二十一段変速の自転車に乗って出発。光が丘までおよそ十キロ、わけない距離だ。

いや、わけないはずだったが、このところどうもギアの調子が悪い。途中の川越街道で、スピードを上げようとペダルを力いっぱい踏ん張った拍子にチェーンがはずれ、ぼくはバランスを崩し縁石にぶつかって転倒。何度か自転車で転んだことはあったけれど、鈴虫もろとものアクシデントは初体験。つぶさぬようにかばいながら、右腕の肘《ひじ》を思いっきり路面に叩きつけてしまった。

自動車につぶされぬように、すぐに飛び起きて自転車を拾い上げ、歩道へ避難。右肘は皮が剝けて、立派な打ち身になる兆しをもう見せていた。歯をくいしばって腕を数回伸ばしたり曲げたり、それからチェーンを直して、残りの五キロを走った。田柄《たがら》あたりで、背中のリュックの中からリーンリーンと、無事の声が聞こえてきた。

光が丘到着。確認してみると、五十四全員無傷で、何事もなかったかのような表情だ。なのにぼくのほうはだんだんと、肘の関節が利かなくなり、腫《は》れもひどく、腕を伸ばすことも曲げることももはやできず、これはただの打撲じゃないなと思えてきた。

幸運にも、もらい手先が医者で、診てもらえることになった。焼きたてのレントゲンを明かりにかざした友人は、「きれいな骨折ですね、二か所」とあっさり。

けがをせし腕にギプスの重たさよ
夾竹桃《きょうちくとう》の咲く路帰る

重たいし痒《かゆ》いし、でも慣れてくるとギプスの中には、大きな安心感が宿る。満員電車に乗っても、人と自転車がもみ合う商店街を歩いていても、右腕はへっちゃらだ。だが、やっとギプスが取れて、夾竹桃の路を帰りながら、そして満員でない電車に乗っている間も、ぼくは周りに対して一種の恐怖心を抱いた。「近寄らないで、触れないで、あっち行け」といった気持ち。数日経っても、なんだか自分が無防備に感じられ、落ち着かなかった。

骨を中に持つ者は、固まるのに、やけに時間がかかる。

あとがき

仕事でアメリカにポスターを何枚か送ることになった。だが、わが家に適当な筒がなく、買うしかないかと思っていたら、ちょうど神保町《じんぼうちょう》へとペダルをこいでいる途中、道端のゴミの山に筒状のものを見つけた。近づいてみると、写真屋が捨てたらしい幅広の印画紙の芯が十四、五本、ビニールの紐で束ねてあった。直径六センチ、八センチ、それに十センチほどの三種類で、長さは七十センチから一メートルくらいまで。どれも丈夫そうで、ポスターの郵送にはもってこいだ。さっそく二本ずつ、計六本をリュックに突っ込み、はみ出ている上方をビニール紐でしっかり結わいつけて、再び出発した。

　だんだんとスピードが出てくると、いきなりヘルメットの上で「ホーホー——」と、梟《ふくろう》の鳴き声にも似た音がし出した。かと思えば、やや高めの「ポーポー——」という、鳩さながらの声も加わる。速度が増せば増すほどボリュームアップし、そのうち一番太い筒も「モーモ――」と低く鳴いて、ハーモニーを奏で始めた。筒の振動がリュックを通してぼくの背骨に伝わり、富坂《とみさか》を下るころには、歩行者がみな振り返り、バスの運転手も不思議そうにぼくを見送った。

夕方、帰宅して紐を解き、その偶然のミニパイプオルガンをばらした。それからポスターを丸めて中に収めたり、宛て名書きをしている間中、それぞれの筒の音色が耳によみがえって響いていた。最後には両端をガムテープで塞いだけれど、歌いたい相手に猿ぐつわをはめているようで、後ろめたい気持ちにもなった。今は筒を見かけると、どんな声を秘めているだろうかと思う。

来日したてのころ、日本語学校で「いろはガルタ」の一番バッター、「犬も歩けば棒に当たる」を習った。そしてその解釈について、ぼくはずっと揺れ動いてきた。担任の市川先生は、「出歩いていれば思いがけない幸せに出会える」というプラス思考の読みと、「何かをしようとすればそれだけで災難に遭ってしまう」というネガティブの読みがあることを教えてくれた。

「犬」と「棒」の組み合わせで、ぼくの頭に浮かんだのは、祖父がむかし口にしていた諺だ。「最初から犬をひっぱたくつもりなら、適当な棒はそこらに見つかる」――例えば強国の外交政策や、親子関係など、幅広く使えて、皮肉でありながら、やはりひっぱたく側に立脚している。それに対して日本語の「犬棒」は、ひっぱたかれる側に立っている。二つの諺が、ぼくにはまるでワンセットに思え、棒を握って待ち構える者がいるので、出歩けばガツンとやられかねないと、そう取ったものだった。

棒は災いか、幸いか。出歩くべきか、出歩かざるべきか。そんな問いをどこか背負いつつ、ずいぶんと出歩いてきたものだ。多くの幸いに恵まれ、ちょっとした災難にも出くわしたけれど、ものを書くという作業を通して、災いを幾分か福に転じることができた気がする。日常は実にたくさんの驚きを孕《はら》んでいて、題材に目線を合わせ、耳を澄ましていれば、向こうから予想もつかない声を発してくれる。ゴミだと思っていた筒が、立派なバリトンだったりもする。

すべてにおいて、決定づけることが苦手なぼくだが、この本に結論というか方向性があるとすれば、それは「どんな棒が待ち受けていようと、出歩くべきだ」というたところかもしれない。日本語学校の授業で教わった解釈に、ようやくたどり着いたというわけだ。

文中ところどころ、恥ずかしげもなく短歌や俳句を入れた。ぼくの三十一文字が、もし歌らしくなっているとしたら、それはひとえに師匠の椿錦二先生のおかげだ。あけぼの短歌会の仲間にも感謝している。十七文字に関しては、小沢信男氏を始め余白句会のみなさんにお世話になった。

ぼくをエッセイ集作りへと、最初に駆り立ててくれたのは、草思社の三浦岳さんだった。尾澤孝さん、集英社の畠山満実さんの辛抱強い編集作業のおかげで、今回の文庫化が実現した。市川曜子さんに扉絵を、辻恵子さんにカバーの題字をいただき、守先正さんはデザインを担当してくださった。

解説者として斎藤美奈子さんにご参加ねがえたのは、望外の喜びだった。

振り返れば、今までの歩きの中で、断トツ一番の大当たりは妻と出くわしたことだ。少し照れくさいが、彼女にお礼をいいたい。

アーサー・ビナード

解説

斎藤美奈子

アーサー・ビナードさんと私の間には、過去にたった一度だけ接点がある。「噂の眞相」という、いまは休刊になってしまったあまり上品ではない雑誌に、これまたあまり上品ではない連載コラムを私は書いていた時期がある。題して「性差万別」。毎月の新聞や雑誌に載った記事のなかから「それはちょっと性差別的なんじゃないですか？」と思われる言葉を拾い、その言葉のどこがどう差別的かを解説しつつゴタクを垂れる、そんな意地悪なコラムだった。

二〇〇二年の夏ごろ、ビナードさんはその欄に短い手紙をくれたのだ。手紙というか、ぶっちゃけた言い方をすれば、まあ「チクリ」である。

チクリ！　まさかビナードさんが？　しかも「噂の眞相」に!?

なぞとショックを受けないでいただきたい。

「噂の眞相」の該当ページには「本欄で取り上げてほしいネタを、内容・出典を明記の上、編集部宛にお送りください」という情報募集の告知を欄外に載せていた。ビナードさんはその募集に応答してくれたのである。「チクリ」の内容は「『中央公論』には毎号おもしろいコピーが載っています」というもので、問題の記事も添付されていた。

どんな記事か知りたい？　知りたいよね。はい、こんなやつでした。

〈女は意気軒昂、男は意気消沈。／いったいいつからこういう世の中になったのでしょう。／宮沢賢治ではありませんが、せめて『中央公論』は、／日本の男が元気を取り戻す（女はより輝く）、そういう雑誌でありたい、と思います。〉

「定期購読のご案内」という、ふつうだったら読み飛ばしてしまうだろうページに、編集長名で付されていたコピーがコレだった。

このコピーのどこがどう「おもしろい」かはご自分で考えていただくとして（興味のある方は拙著『物は言いよう』をご参照あれ）、以上の件から、ビナードさんは「中央公論」にも「噂の眞相」にも目を通す情報通（というか噂話好き？　社会派？　勉強家？）であったことがうかがい知れる。そして私と担当編集者はといえば、「『定期購読のご案内』だよ。すごい目配りの仕方だね」とまず感心し、差出人の名前を見てまた感動し、マイナーな雑誌の片隅でひっそりと続けてきた連載コラムの価値が認められたような気がしたのだった。
もっとも彼が「おもしろい」と思ったポイントと、私が「おかしい」と思ったポイントはズレているのかもしれず、そのへんはちょっと自信がない。もしかしたら全然ちがっていたりして……。そうかも。う、ヤバい気がしてきたぞ。ビナードさんの日本語に対するセンサーは、だって独特な方向に敏感なんだから。

さて、こんなエピソードでもわかるように（ん？ あんまり関係ない？）、アーサー・ビナードは、おそるべき言葉のコレクターである。

彼が押しも押されもせぬ日本語使いの名手であることは、『釣り上げては』（二〇〇〇年・思潮社）で中原中也賞を、『日本語ぽこりぽこり』（二〇〇五年・小学館）で講談社エッセイ賞を受賞という経歴にふれるまでもなく（詩とエッセイの両方の賞をひとりでとってしまうなんてズルい！）、だれもが認めるところだろう。本業の詩作のほかに、絵本の創作や翻訳を手がけ、趣味で短歌を詠み、俳句もひねり、謡いを学び、子どもたちにまじって書道を習う。そのせいなのかどうなのか、古い言い回しにも新しい言葉にも妙に強い。

本書『空からきた魚』は、『日本語ぽこりぽこり』や文庫オリジナルの『出世ミミズ』（集英社文庫）に先行する、そんな彼の記念すべき第一エッセイ集である。

こういう本に、解説などという野暮なものは不要であって、「フムフム、へえ」と感心したり、ときにワハハと笑ったり、それがもっとも楽しく正しい読み方なのだろうけれど、それにしてもこの本のおもしろさはどこから来るのだろう。

ざっとおさらいしておけば、本書はこんな内容で構成されている。

Ⅰ　初めての唄……幼少時の記憶を含めた自己紹介
Ⅱ　空からやってきた魚……身近な自然と動植物の世界
Ⅲ　地球湯めぐり……エトランゼから見た日本文化
Ⅳ　若きサンタの悩み……「ガイジン」の暮らし
Ⅴ　骨の持ち方……異文化を訪ねて

常に複数の視点をもっていること。常に言葉の問題とリンクしていること。ビナード流のエッセイの秘密は、どうやらそのへんにありそうだ。日本語と英語という二つの言語をもっている人の強みというべきかもしれない。

だがしかし、それ以上の強みを彼はもっている。読みながら「ハハア、そういうことか」と私は深く納得したのである。

希有な日本語使いのアーサー・ビナードが、しかし単なる書斎派の文学青年でないことは、本書を読めば一目瞭然であろう。元昆虫少年を自称し、川釣りし、鈴虫を飼い、愛用の自転車を止めて川を覗《のぞ》きこんだりする彼は、非常な自然愛好家でもあって、それが彼のエッセイに独特の深みと広がりを与えている。

その意味で、私がもっとも楽しんで読んだのは「空からやってきた魚」の章だ。マンションの十一階からわざわざダンゴムシを落とす実験をしてみたり（「団子虫の落下傘」）、「来日の理由」を考える過程で浄化槽に魚が泳ぎはじめる理由に思いをいたしたり（「空からやってきた魚」）、川釣りの経験から「ざざ虫」の味に目覚めたり（「燃える川、食える川」）、英語では「ジューン・ビートル」と呼ばれるカナブンに糸をつけて遊んだ思い出――これは日本でも昔はみんなやっていた遊びである――を語ったり（「夏の虫」）。彼の手にかかれば、ゴキブリもマダニもハエも観察の対象だし、野球チームの名称も、鱒釣りの強敵であるビーバーも、魚市場の冷凍マグロも、素通りできない素材と化す。

その合間に、さりげなく〈何をかくそう、ぼくは笑える和製英語の事例を地道にコレクションしている〉、〈ニッポンのどこを見ても、ユニークな和製英語の事例が佃煮にするほどあるので、ぼくみたいに趣味で蒐集《しゅうしゅう》している在日外国人は少なくない〉（「出鱈目英語の勧め」）などといわれると、常日頃インチキな和製英語を使い倒している身としてはドキッとしてしまうわけだけれども、私はここでハタと膝を打ったのだった。

言葉のハンターは一日にしてならず。みなが見落としている微細なものに目を凝らし、そこから思いがけない思考につなげるアーサー・ビナードの性質は、ある部分、虫のハンティングによって培われたのではないのか、と。

あなたは昆虫採集をしたことがあるだろうか。

「ない」という人が意外に多いような気がする。かつての日本は世界に冠たる昆虫採集大国で、夏休みの宿題といえば昆虫採集と標本づくりが定番だったのだけれど、そうした文化はある時期から急速に廃れてしまった。

それを境に自然に対する繊細な感受性を日本人は失ってしまった、なんてくだらない説をふりまわすつもりはない。ないけれど、昆虫採集の力は侮れない。ウソと思うなら一度でいい、捕虫網を手に森に入ってみることをすすめたい。あれは何だろう、封印していたハンターの血が騒ぐのか、集中力の差か。火事場の馬鹿力ならぬ狩り場の馬鹿視力。手ぶらのときにはぼんやりした「景色」にしか見えていなかった光景が、捕虫網を手にしただけで、みるみるリアリティを増し、目の前をほんの一瞬かすめて飛び去る蝶の羽裏の色はもとより、草や葉っぱや枝先のディテールまでがおそろしいほどよく見えてくるのだ。

文化や言葉に対するときでも、日常の生活においても、アーサー・ビナードの目は捕虫網を手にした昆虫採集者のそれに近い。

〈道端に落ちている若葉マークを、なんとなく素通りできなくなり、それらを入れるためのビニール袋をいつもリュックに持って、冷蔵庫のドアは半年ほどでびっしりと覆われた〉(「コレクターたるもの」)なんていう、そのまんまの話もさることながら(にしても、なんたる集中力。道端に若葉マークが落ちてるところなんか私は見たことがないよ。気がつかないだけなんだろうけれど)、蠟《ろう》人形館の「最後の晩餐」につけられた座席札に着目したり(「レオナルドといたずら書き」)、和式トイレの使い方を独力で発見したり(「何をかくそう」)、葛湯《くずゆ》とkudzuが頭の中で突然つながったりする(「葛とKUDZU」)。

それらはすべて、たぐいまれなる観察力の賜物《たまもの》である。

聖書の「創世記」に林檎《りんご》の文字はなく、一方、泰西名画に描かれたアダムとイブの腰巻きのデザインが思いのほかおろそかであることになんか（「林檎と無花果、アダムの臍」）、いわれなければ誰も気がつかないだろう。

と、ここまでいえば、「定期購読のご案内」に「おもしろさ」を発見してしまうアーサー・ビナードの「馬鹿視力」もまた、一朝一夕につくられたものではないことに気づくだろう。コレクターになるためにはまずハンターでなければならず、ハンターであるためにはよきウォッチャーでなければならないのだ。

〈「日本語の仕事」の世界にも「外人枠」があるみたい〉、単行本の執筆も〈そのほとんどが「英語物」か「日本語物」という二つのカテゴリーに、きれいにおさまる企画だった〉という「さもありなん」な日本の出版文化事情も、さりげなく彼は明かしている。が、アーサー・ビナードの書く言葉がそんな範疇《はんちゅう》におさまりきれるものじゃないことは、本書の読者には重々おわかりだろう。

私が思いついたアーサー・ビナードのキャッチフレーズは、「心にいつも捕虫網を」だ。捕虫網は世界をキャッチするための、じつはすぐれて感度の高いアンテナなのである。

集英社文庫

空《そら》からきた魚《さかな》

2008年2月25日　第1刷　　定価はカバーに表示してあります。

著　者　アーサー・ビナード
発行者　加藤　潤
発行所　株式会社　集英社
東京都千代田区一ツ橋2-5-10　〒101-8050
電話　03-3230-6095（編集）
03-3230-6393（販売）
03-3230-6080（読者係）
印　刷　中央精版印刷株式会社　株式会社美松堂
製　本　中央精版印刷株式会社

フォーマットデザイン　アリヤマデザインストア　　マークデザイン　居山浩二

造本には十分注意しておりますが、乱丁・落丁（本のページ順序の間違いや抜け落ち）の場合はお取り替え致します。購入された書店名を明記して小社読者係宛にお送り下さい。送料は小社負担でお取り替え致します。但し、古書店で購入したものについてはお取り替え出来ません。

ISBN978-4-08-746270-8 C0195